El Remiendo de María

Novela

MIREILLE AUXILA

PUBLIFY/
Press

El Remiendo de María
Novela
© 2022 por Mireille Auxila

Las escrituras biblicas son tomadas de la VERSION REINA VALERA (VRV), que son de dominio público.

Traduccion: Alma Arellano

Diseño de cobertura: A. Marie
Diseño Interior: Michelle Cline
Autor de Fotografía: Bozanich Photography

Impreso en los Estados Unidos de América.
ISBN-13: 979-8-218-06414-3
LCCN: 2022915313

Publify Press
Melbourne, Florida

Para Alberic y Rose

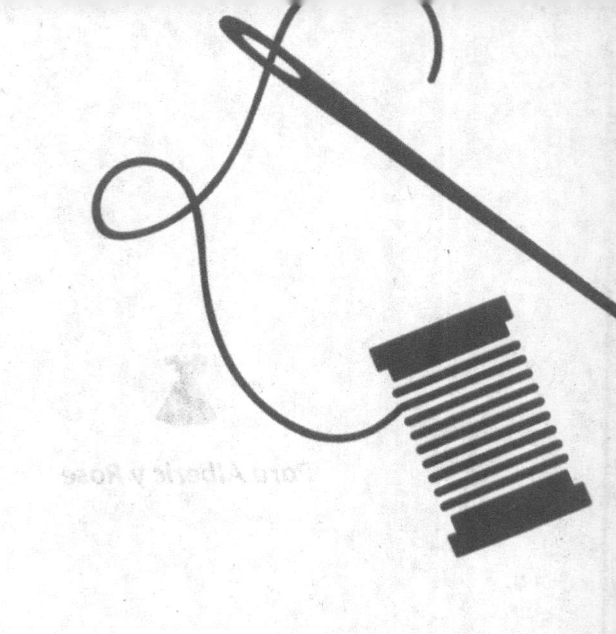

Table of Contents

Prólogo

María se quedó mirando su reflejo en el espejo. Su cabello estaba peinado perfectamente para la posición del velo sobre su cabeza. La abuela le había pedido a la señora Medina que hiciera el vestido. Cada detalle del vestido era único e intrincado. El bordado del velo le hizo llorar. Nunca había usado algo tan hermoso. María se secó las lágrimas, olvidando que llevaba guantes blancos.

"¡María! ¡No ensucies los guantes antes de la ceremonia!» La abuela exclamó mientras agarraba las manos de María para checarlas. "Todo debe ser perfecto. Blanco como la nieve. Puro". Ahuecó las mejillas de María con sus manos. "Te ves hermosa, mi Angelita". María miró a su abuela con cariño. Vivía para complacerla, y hoy finalmente vio la aprobación en los ojos de su abuela.

De repente se abrió la puerta del baño y una monja delgada de mediana edad dijo: "Todos están listos, María. Ya es hora".

Una docena de mariposas se liberaron en el estómago de María al escuchar el anuncio de Sor Lupe. Era hora.

Para María, era el día que siempre había soñado. Era el día en que se pararía ante familiares y amigos y les profesaría su amor.

"Date prisa, María. Tengo que correr a mi asiento. Te veré después de la ceremonia".

María vio a su abuela salir corriendo del baño hacia el santuario. Luego respiró hondo y salió tras ella para ocupar su lugar en la procesión. Su mejor amiga, Ana, ya estaba colocada frente a ella.

"No puedo esperar hasta después de la ceremonia para la recepción", dijo Ana. "¡Va a estar todo muy divertido!"

Ana siempre tuvo una forma de ser ella el centro de atención. Incluso en un día como hoy, encontró la manera de tener toda en ella. Sin embargo, María la amaba. Estaba feliz de que Ana pudiera ser parte de este día.

La música del gran órgano musical comenzó a sonar el, "Ave María", la elección perfecta de la canción. Mientras María caminaba por el pasillo, su corazón latía tan rápido y tan fuerte que le costaba mantener el ritmo. Aunque parecía que todos los ojos estaban puestos en ella, María mantuvo los ojos fijos en el altar. Las únicas personas que importaban en este momento estaban de pie allí.

Cuando la música se detuvo y María ocupó su lugar al frente de la iglesia, miró hacia atrás y vio a Abuela sentada en la primera banca. La sonrisa de su abuela calentó su corazón. No era frecuente que pudiera lograr que esa mujer ejercitara los músculos de su rostro.

El padre López la sobresaltó cuando su voz de barítono se proyectó por toda la iglesia: "En el nombre del Padre, y del Hijo, y del Espíritu Santo". María rápidamente miró hacia adelante con anticipación por sus próximas palabras.

"Nos hemos reunido hoy para celebrar el sacramento de la Sagrada Comunión".

María sonrió y susurró para sí misma: "Sí. . . ¡Para celebrar mi matrimonio con Jesús!"

PRÓLOGO

"Nos hemos reunido hoy para celebrar el sacramento de la Sagrada Comunión".

María sonrió y susurró para sí misma: "Sí. . . ¡Para celebrar mi matrimonio con Jesús!"

Capítulo 1

SIETE AÑOS DESPUÉS . . .

María se sentó afuera mientras todos aún dormían. Era su rutina despertarse antes de que el gallo cantara para rezar el Rosario. Este fue el único tiempo que tuvo que pasar sola en oración. Aunque su familia amaba al Señor y asistía a Misa semanalmente, María era la única que expresaba radicalmente su fe y asistía a Misa todos los días.

Un estruendo dentro de la casa le hizo saber a María que su tiempo de tranquilidad había terminado. Pronto la abuela estaría gritando órdenes para que todos comenzaran con las tareas del hogar. Las cosas serían diferentes en tres meses. María fue aceptada en la Escuela Preparatoria del Convento de Nuestra Señora de la Altagracia para completar la educación secundaria. La abuela no podía permitirse el lujo de enviarla allí el primer año, pero después de muchas súplicas y de que María trabajara el último año limpiando el convento una vez a la semana, fue aceptada con una beca de un año. "Nos preocuparemos por el pago de tu tercer año cuando llegue", decía la abuela. María estaba segura de que Dios los bendeciría para que pudiera completar sus estudios en Altagracia. Ella no estaba preocupada.

María planeaba pasar el verano con la señora Medina en su tienda de ropa. La señora Medina le enseñó lo básico de la costura el verano pasado, y ahora, a los quince años, María era tan buena costurera como la propia señora Medina. Cada centavo que ganó este verano se ahorraría para la escuela preparatoria. El dinero no le impediría completar sus estudios y convertirse en monja en tres años.

María abrió la puerta trasera que conducía a la cocina y se sorprendió al ver a Olga de pie junto a la estufa. Olga era la hermana mayor de María. Soñaba con convertirse en enfermera, pero el costo de la escuela de enfermería en la ciudad era demasiado alto. Después de graduarse de la escuela secundaria, se quedó en casa para ayudar a la abuela a llevar la casa y esperar a un pretendiente. Han pasado más de cuatro años y ningún hombre ha venido a la casa preguntando por Olga. María sabía que Olga estaba resentida con ella, aunque Olga nunca lo expresó verbalmente. Se hizo todo el esfuerzo para que ella fuera al convento, pero no se hizo nada para que Olga pudiera asistir a la escuela de enfermería. Si Olga se hubiera mudado a la ciudad para ir a la escuela, seguramente, dentro de un mes, alguien habría estado en la puerta de la abuela pidiendo la mano de Olga en matrimonio. En cambio, se quedó en el pequeño pueblo sin perspectivas y con pocas esperanzas de una vida feliz. Después de todo, ella tenía veintidós años. En un par de años, sería considerada una vieja.

"¡No entiendo por qué eres la primera en levantarte cada mañana, sin embargo, soy yo quien tiene que preparar el desayuno para todos!" Olga gritó cuando entró María.

"Tú eliges hacer el desayuno, Olga. Nadie dijo que tenías que hacerlo", respondió María con sarcasmo. Aunque Olga era mayor que ella, María nunca permitía que le hablara con dureza sin oponer resistencia.

"¿Alguna vez has considerado ser paciente y dejar que alguien más tenga la oportunidad de hacer la comida en lugar de saltar y quejarte?" preguntó María mientras rodaba los ojos.

"¡Esta bien!" Olga gritó mientras golpeaba la sartén en la estufa. Levantó las manos en señal de rendición y dijo: "Tú preparas el desayuno. Es todo tuyo". Mientras se alejaba, miró por encima del hombro y, con una sonrisa, dijo: "Ah, y no te olvides de traer los huevos de las gallinas afuera en el gallinero, Hermanita".

El rostro de María se sentía caliente y tuvo que recordarse a sí misma que debía mantener la calma y ser "como una monja". Olga siempre sabía qué botón presionar para exaltarla. María sabía que no podía darle a Olga el poder de controlar sus emociones. Simplemente sacaría los huevos de ese temido gallinero y haría el mejor desayuno que la familia haya tenido.

Mientras María preparaba el resto del menú, alguien llamó a la puerta trasera. Era la señora Medina. La abuela salió de su habitación, molesta de que alguien viniera a llamar a esta hora de la mañana.

"Por favor, perdóname por pasar tan temprano", suplicó la señora Medina.

"¿Qué pasa, Estela?" La abuela dijo, repentinamente preocupada. "Nunca te había visto tan ansiosa".

"Tengo una emergencia en la ciudad", comenzó la señora Medina. "Debo ir allí por el día para manejar algunos asuntos. Normalmente, cerraría la tienda al público y mantendría a mis costureras trabajando en la parte de atrás, pero tengo una cita importante hoy con la familia Morales. Y no puedo cancelarla".

Abuela miró estupefacta a la señora Medina, todavía tratando de averiguar qué tenía que ver esto con ellos.

"María", continuó la señora Medina con poco aire en los pulmones, "necesito que trabajes en el frente hoy y manejes la cita por mí".

El rostro de María se puso pálido. "Señora Medina, hay muchas otras señoras mayores que pueden manejar el frente", suplicó María. "Solo tengo quince años. Creo que sería mejor si le preguntas a alguien más".

"Estoy de acuerdo", replicó la abuela. "No se le puede dar tal responsabilidad a una niña. No es prudente, Estela".

"Con el debido respeto, María es bastante capaz de manejar esta tarea. Es mucho mejor que cualquiera de mis otras costureras juntas, y puede tomar la orden tan bien como si yo estuviera allí. Confío en ella". La señora Medina hizo una pausa, sabiendo que aún no los estaba convenciendo. "Y le pagaré el doble por el día".

Los ojos de María se iluminaron. Más dinero para su fondo escolar; ella no podría negarse a eso. Claramente, este fue un regalo de los cielos. Se volvió hacia la abuela y trató de leer la mirada de piedra en su rostro. "¿Y bien, abuela?" María susurró.

"Bueno, ¿qué? ¡Sí! ¡Por supuesto! ¿Cómo puedes decir que no? ¡La señora Medina te necesita!"

La señora Medina y María se echaron a reír ante el repentino cambio de opinión de la abuela.

"¡Bueno!" dijo la señora Medina entre risas. "Esté allí a las 10:00 am para ayudar a que el equipo comience. La cita es al mediodía. Estaré de regreso a las 3:00".

"Gracias, señora. Gracias por esta oportunidad. No la defraudaré", dijo María con confianza.

"Sé que no lo harás", respondió la señora Medina mientras salía por la puerta trasera. "Por eso te elegí a ti".

María y la abuela se pararon junto a la puerta y observaron a la señora Medina hasta que ella se alejó en su auto. De repente, cuando el auto apenas era visible, los dos se echaron a reír de nuevo. María se rió tan fuerte que las lágrimas rodaron por sus mejillas. Olga corrió a la cocina gritando: "¿Qué es todo este ruido?" poniendo un freno en el estado de ánimo.

"Olga, ¿dónde has estado?" exclamó Abuela. "¡Que empiece el desayuno ya!"

Antes de que Olga pudiera pronunciar una palabra, María agregó: "Sí, Olga, creo que las gallinas también tienen huevos listos para ti". María palmeó a Olga en la espalda mientras se alejaba y susurró: "Me gustan los revueltos, hermanita".

Sol y Luna era una pequeña tienda en el pueblo que la señora Medina compró hace varios años. Solía hacer ropa en su casa, pero se vio obligada a comprar espacio y contratar ayuda cuando su negocio despegó después de la guerra. La mayor parte del edificio se usaba como fábrica donde entraban quince costureras y confeccionaban prendas según los pedidos de los clientes. En las raras ocasiones en que el negocio estaba lento, la señora Medina diseñaba algo nuevo y fabricaba varios de cada tamaño para venderlos a las principales tiendas departamentales de la ciudad.

En el frente de la tienda se exhibieron prendas de muestra, junto con una variedad de telas. La señora Medina no quería detener esa parte de su negocio cuando se expandió. Todavía quería que la gente viniera y ordenara ropa hecha especialmente para ellos. Tener un traje hecho por la señora Medina se estaba convirtiendo en algo grande, y sus cambios de precio lo reflejaban así.

La Señora Medina trabajó día y noche a lo largo de los años para convertirse en lo que es hoy. Aunque no estaba casada ni tenía hijos, estaba contenta con su vida y su independencia. Ella siempre decía: "Los hombres son solo obstáculos para tus sueños y metas. Puedo prescindir de ellos". Sin embargo, para fines comerciales, quería que la llamaran Señora Medina, como si fuera casada. Ella ganó más respeto de esa manera.

María trabajaba en la parte de atrás con el equipo, trece damas y un caballero, Ramón Castillo. Ramón se enorgullecía de su trabajo. Su servicio al cliente era horrible y no muy agradable para ellos. En su mente, el cliente nunca tenía razón. El comportamiento extravagante y artístico de Ramón avivaba las llamas de los chismosos del pueblo a diario. Aunque enviudó con hijos adultos en la universidad de la ciudad, los rumores decían que vivía un estilo de vida alternativo. María amaba a Ramón. No le importaba lo que la gente dijera de él y nunca sintió la necesidad de defenderse. "Dios sabe quién soy y mi Claudia también, que en paz descanse. Eso es todo lo que importa."

El tiempo pasó volando, trabajando con Ramón. Antes de darse cuenta, María escuchó el timbre que indicaba que la puerta principal se abría. Era mediodía, la cita de Morales. María se puso de pie y rápidamente susurró un Ave María mientras se acomodaba el vestido. Quería asegurarse de tener una oración más antes de esta importante tarea. Ella no podía arruinar esto. La señora Medina contaba con ella.

Cuando María caminó con confianza a través de las cortinas que separaban la sala de estar de las estaciones de trabajo, fue recibida por una mujer alta y un niño pequeño. "¡Hola! Bienvenidos a Sol y Luna. ¿Puedo ayudarlo?"

"Sí, mi nombre es Inés Morales. Tengo una cita con la señora Medina", dijo la mujer mientras sus ojos recorrieron la habitación.

"Lo siento", comenzó María, "la señora Medina tuvo una emergencia en la ciudad, pero me pidió que la cuidara especialmente. Mi nombre es María". Con una sonrisa en su rostro, María extendió su mano, pero el cliente simplemente la miró y se alejó.

"Mi cita era con la señora Medina, no con una chica", dijo la señora Morales con calma, pero lo suficientemente aguda como para pinchar el nervio equivocado en María.

"Con todo respeto, señora, no soy una 'muchacha'. Soy la costurera en la que confió el dueño de este negocio para atender su pedido. De nuevo, ¿cómo puedo ayudarte?" Partitura para María. El cliente había encontrado su pareja.

Después de lo que pareció una vida de silencio, la señora Morales se acercó al mostrador y dejó su bolso. María notó que era una de esas carteras de cuero caras, nada parecidas a las hechas a mano que venden en el mercado.

"Necesito que le hagan unos conjuntos a mi hijo: cinco pantalones, diez camisas y dos sacos", ordenó la señora Morales.

"Yo te puedo ayudar con eso", dijo María alegremente. "Déjame mostrarte algunos de nuestros diseños populares para niños entre los que puedes elegir".

¿Para niños?» gritó la mujer. "¿Por qué tendría que mirar esos? Mi hijo tiene dieciocho años. ¡Va a ir a la universidad!".

María parecía confundida. "Lo siento. Solo asumí que te referías a este niño pequeño..."

La señora Morales hizo un gesto con la mano e interrumpió a María. "¡Éste es mi sobrino! Mi hijo está al otro lado de la calle en el mercado de agricultores con mi hermana. Mejor harás, querida, en no hacer suposiciones." Puntaje para la señora Morales.

María ya estaba cansada de este juego. "En ese caso, señora Morales, esperaré a que entre su hijo para que elija las telas y los estilos que le gustan". María habló en un tono que sugería que la mujer no la afectaba.

"¿Tartamudeé cuando dije que necesitaba ordenar algunos conjuntos?" La señora Morales dio un paso más cerca de María. "Mi opinión es la única que se necesita aquí. Estoy pagando por esto, no mi hijo". Continuó hablando mientras caminaba por la tienda. "Mi hijo va a la universidad. No puedo permitir que se vea común, como todos los demás. Él es un Morales. Está destinado a la grandeza, y así es como se vestirá".

María no pudo evitar poner los ojos en blanco ante el cliente. Afortunadamente, la señora Morales se había girado hacia el otro lado y no lo vio. Justo cuando María no podía soportar más de esta mujer, sonó el timbre cuando se abrió la puerta principal. Entró una mujer que se parecía mucho a la señora Morales.

"Bienvenidos a Sol y Luna", recitó María.

"Hola, niña", respondió la mujer. "¡Qué hermoso vestido tienes puesto!"

María sonrió y agradeció a la mujer. Claramente, el nombre de esta dama debería haber sido Glenda, porque ella era la buena hermana. El otro tenía que ser...

El timbre volvió a sonar. Esta vez fue el hijo. . . el hijo muy guapo. De repente, María sintió que su rostro se calentaba. Nunca había visto a un chico tan guapo. Su corazón dio saltos de verano.

—Date prisa, Antonio —gritó la señora Morales. "Necesito ver este tono de azul contra tu piel". María observó cómo la mujer sostenía el trozo de tela contra la mejilla del Adonis. Estaba tan concentrada en él que no se dio cuenta de que "Glenda" la miraba.

"Niña", dijo la hermana. "Necesitaremos que se tomen medidas. ¿Tienes a alguien que pueda hacer eso?" Miró a María y le guiñó un ojo.

"Oh, puedo hacer eso. Estoy calificada", dijo María, tropezando con sus palabras.

"Niña", replicó la malvada hermana. "A mi hijo no le tomará las medidas una adolescente. Es inapropiado de dónde venimos. ¿De dónde vienes?"

Los ojos de María se movieron hacia Antonio. Podía sentir su rostro calentarse de nuevo, pero esta vez por la vergüenza. María no tuvo una respuesta rápida; la señora Morales anotó un triple.

Al sentir la humillación de María, la hermana se acercó a María y le habló en voz baja mientras le acariciaba la espalda. "Cariño, ¿puedes conseguir que un hombre tome las medidas de mi sobrino?"

"Por supuesto", susurró María. "Disculpe por un momento". María corrió a través de las cortinas que dividían la tienda y encontró a Ramón parado junto a las cortinas con ira en los ojos.

"—Escuché todo, niña —dijo Ramón abrazándola. "Hiciste un gran trabajo manejándola". Cuando Ramón se apartó, preguntó: "¿Quieres que te tome las medidas? Hoy tú eres el jefe. Dime lo que quieres".

Los ojos de María se abrieron como platos y una ola de confianza la invadió. Ramón siempre la hizo sentir empoderada.

Ramón continuó: "Puedo tomar las medidas y enviarlas, o simplemente podemos enviarlas. Tú eliges".

María soltó una risita y le dio un beso en la mejilla a Ramón. "Vamos a tomar las medidas, Ramón. ¡No me asusta!"

Cuando María y Ramón regresaron al piso de ventas, la tela y los estilos habían sido elegidos para todas las prendas. Ramón tomó las medidas de Antonio mientras María redactaba el pedido. Cada vez que levantaba la vista del formulario de pedido, sorprendía a Antonio mirándola. ¿Él no habla? Ella pensó para sí misma. Hizo una nota mental para agregarlo a sus oraciones nocturnas. ¡Con una madre así, no es de extrañar que no tuviera palabras!

El resto de la cita se manejó con calma y profesionalidad. Ramón se quedó en la tienda del frente para cuidar a María.

"La señora Medina se pondrá en contacto para discutir los precios", dijo María y le entregó a la señora Morales una copia de la orden.

"Aquí hay un depósito para el pedido", dijo la señora Morales mientras abría su cartera.

"No hay necesidad de eso", dijo María levantando la mano.

"Quiero asegurarme de que los atuendos de mi hijo estén hechos con excelencia. Estoy dejando un depósito". La señora Morales le entregó a María 4000 pesos. María nunca había tenido tanto dinero. Intentó no parecer asombrada por el dinero que tenía en las manos, pero Ramón se dio cuenta de que María se estaba preparando para otra ronda de tragos de la Señora Morales.

Ramón se acercó a María y agarró el dinero. "Voy a poner esto en la caja fuerte para usted, Señorita".

María le sonrió a Ramón. ¿Qué haría ella sin él?

Poco después, la cita terminó y la familia Morales se fue. Cuando Antonio salió por la puerta, se dio la vuelta y miró a los ojos a María por última vez. Ahí estaba ese sentimiento otra vez. Rápidamente apartó la mirada por temor a que él la viera sonrojarse. Cuando María levantó la vista, vio que Ramón la miraba. "¿Qué ocurre?" María preguntó cómo alguien que fue atrapado con la mano en el tarro de galletas.

"Cantar de los Cantares, capítulo ocho versículos cuatro", respondió Ramón en voz baja.

"¿Qué quieres decir?" María respondió a la defensiva.

"Esta noche, cuando vayas a casa, busca ese pasaje de las escrituras y ora". Entonces Ramón volvió a cruzar las cortinas a su puesto de trabajo, dejando a María desconcertada.

Minutos después, la señora Medina irrumpió por la puerta. "¡Ya regresé! ¿Cómo fue todo?"

María se rió y dijo: "¡Sí, señora! ¡Te tengo una historia!"

Capítulo 2

La señora Medina estaba más que satisfecha con el resultado del nombramiento de Morales. Cumplió el acuerdo y le pagó el doble a María y le dio a Ramón una bonificación después de que María lo convenciera. La señora Medina pudo negociar un trato con la señora Morales que garantizaba pedidos futuros.

Después de que María explicara cómo la trató la señora Morales ese día, la señora Media astutamente agregó un 20 por ciento al precio del pedido, pero le ofreció un cupón del 10 por ciento de descuento en su próximo pedido. "Que pague por su ignorancia", se burló la señora Medina.

Habían pasado tres semanas y María pudo trabajar horas extras para ayudar con la orden de Morales. Esta fue la más ocupada que había visto Sol y Luna. La reunión de la señora Medina en la ciudad le resultó muy provechosa. La empresa que normalmente suministra uniformes escolares a la Escuela Primaria San Pablo sufrió daños importantes por inundaciones debido a una tormenta reciente. No pudieron cumplir con un pedido completo a tiempo para el nuevo año escolar.

Sol y Luna fue el proveedor elegido para producir cien uniformes escolares para niños. Aunque no era la línea de ropa habitual de la señora Medina, decidió aprovechar la oportunidad para ampliar el negocio y hacer departamentos especiales. Sol y Luna ahora tenía un departamento de uniformes para administrar el negocio repetido cada año. También había oficialmente un departamento de ropa formal, ropa de hombre y ropa informal para damas.

Ramón fue ascendido a gerente del departamento de moda masculina. Eventualmente, con la adición de cuatro nuevas costureras, la Señora Medina tendría que agregar más espacio al edificio. María estaba un poco triste por irse en septiembre y perderse todos los cambios que se avecinaban en Sol y Luna.

María pasó por la tienda camino a la iglesia esa tarde para recoger el salario de su semana. Quería tener algo de dinero para comprar velas para poder rezar por la abuela, Olga y su hermana menor, Magdalena. De vez en cuando, María ponía dinero en la ofrenda para comprar velas para encenderlas frente a la estatua de la Madre María. María creía que sus peticiones estaban en la lista de prioridades cuando encendía velas para la Madre María. La abuela tenía un dolor en la cadera por tres días. Olga seguía anhelando un marido. Magdalena necesitaba estar más conectada a tierra. Ella era tan despreocupada; estaba destinada a meterse en problemas un día y deshonrar a la familia.

Cuando María entró por la puerta de Sol y Luna, Ramón estaba en la tienda principal con la señora Medina. "¿Qué haces aquí, María?" Ramón preguntó crudamente.

La señora Medina lo miró. "¿Por qué tan malo, Ramón?"

—Vine a recoger mi paga, Ramón —explicó María sintiéndose herida por el saludo de Ramón—.

Sintió que fue demasiado fuerte y trató de suavizarlo. "Lo siento, niña. Solo pensé que hoy ibas a las oraciones de la tarde en la iglesia. No esperaba verte".

María sonrió, sin saber si creer su excusa, pero, sin embargo, hizo un esfuerzo. "Quiero encender velas en la iglesia. No quería pedirle dinero a la abuela".

"No hay problema, María", intervino la señora Medina. "Tu dinero está aquí en este sobre".

De repente se abrió la puerta del probador y salió Antonio Morales. Aparentemente, tenía una cita para una prueba de sus pantalones y chaquetas. María dejó caer el sobre, sorprendida de verlo de nuevo. Parecía que apenas había podido sacarlo de sus pensamientos, y ahora aquí estaba otra vez.

"¡María!" Ramón la sobresaltó con su voz fuerte. "No querrás llegar tarde a las oraciones, ¿verdad?"

Desconcertada por su comportamiento, María respondió. "Por supuesto que no. Me voy ahora". María guardó el sobre en su cartera y le dio las gracias a la señora Medina. Salió de la tienda sin despedirse de Ramón. No entendía por qué él estaba siendo tan grosero con ella y, sin embargo, por avergonzarla frente a Antonio. María caminaba tan rápido que antes de darse cuenta, estaba en la iglesia de San Lucas. "Anímate, María. Este tiempo es para Jesús".

María entró a la iglesia y se sentó en la primera fila. La hermana Ana estaba dirigiendo la oración hoy. Durante cuarenta y cinco minutos rezaron el Rosario y cantaron himnos. Cuando todo terminó, María se levantó para ir a la parte de atrás de la iglesia por las velas. A la mitad del pasillo, notó una cara familiar sentada en el último banco. A medida que se acercaba y el rostro se aclaraba, su corazón latía más rápido. ¿Me siguió a la iglesia? Era Antonio Morales. María bajó la cabeza al darse cuenta de quién era y siguió caminando hacia las velas.

"Quiero disculparme", soltó Antonio cuando pasó María. María se volvió hacia él y señaló los confesionarios. "Puedes hacer penitencia allí".

"No", exclamó Antonio y agarró el brazo de María. "Quiero disculparme contigo por la forma en que mi madre te trató hace unas semanas en Sol y Luna. Discúlpame".

María se perdió en su voz. A los dieciocho años, tenía una voz profunda y suave que contenía sinceridad.

De repente, al darse cuenta de que estaba en la iglesia mirando a los ojos de un niño, María cambió su comportamiento. "Está bien. Ella no me molestó. ¡Soy yo quien lo siente... por ti!" María se dio la vuelta, decidida a llegar a las velas.

"Espera", respondió Antonio. "¿Qué dijiste?"

En ese momento, la hermana Ana pasó y le hizo callar a Antonio por hablar en voz alta. Esta vez fue el turno de Antonio de ponerse colorado, y la expresión de su rostro hizo reír a María. Después de un momento, ambos comenzaron a reírse hasta el punto en que Antonio agarró la mano de María y salió corriendo de la iglesia. Tan pronto como atravesaron las puertas de salida, los dos se echaron a reír. Cuando María se dio cuenta de que aún sostenía la mano de Antonio, se soltó y dijo: "Me tengo que ir".

"Quédate conmigo. Platiquemos", dijo Antonio en voz baja. Se sentó en los escalones de la iglesia y señaló el lugar a su lado. María dudó, pero pensó que una conversación rápida no le vendría mal, así que se sentó a su lado.

"¿Qué quisiste decir cuando dijiste que lo sentías por mí?" Antonio volvió a preguntar.

"No quiero ser grosera, pero tu mamá... lamento que seas pariente de ella".

"Es una buena persona una vez que la conoces", explicó Antonio. "Ella es solo una perfeccionista, eso es todo".

"Bueno, no tengo la intención de estar con ella el tiempo suficiente para ver su lado bueno", dijo María, y ambos comenzaron a reírse de nuevo.

"Voy a ir a la universidad en septiembre. Mami solo quiere que represente bien a la familia. Soy hijo único y tienen grandes expectativas para mí", explicó Antonio. Era casi como si necesitara desahogarse como si no tuviera a nadie en su vida con quien hablar libremente.

Antonio continuó hablando sobre su familia y lo duro que trabajaron sus padres para vivir una buena vida. Su madre limpiaba casas cuatro días a la semana durante diez horas al día en una ciudad de lujo. Su padre era gerente de una plantación. Trabajó doce horas al día, cinco días a la semana, supervisando docenas de recolectores de cultivos en Del Rico Farms. Ambos ganaban buenos salarios, pero a costa de tener una verdadera relación con Antonio.

Muchas veces, mientras crecía, Antonio se quedó con su tía, Carmelina, porque sus padres hacían turnos extra en el trabajo. Tía Carmelina fue muy cariñosa y atenta con Antonio. Ella lo amaba como si fuera su propio hijo y siempre lo animó a amarse a sí mismo.

"Si no fuera por mi tía, no sé dónde estaría", dijo Antonio. "Traté de huir de casa dos veces antes, pero ella me enderezó y me envió de regreso a casa. 'Ora', decía. Ora y deja que Dios haga su trabajo".

"Ese es un buen consejo", dijo María en voz baja. "Tu tía es una mujer muy agradable".

Antonio miró a María para responder, pero las palabras no le salían. Se dio cuenta de que María comenzó a sentirse incómoda por la forma en que la miraba. Sus mejillas lo delataron. "Discúlpame que te mire", dijo Antonio. "Eres muy hermosa."

María cubrió sus mejillas con sus manos. Nunca había escuchado eso de un chico, y la forma en que se sintió al escucharlo la asustó.

"Yo. . . yo. . . eh . . ." María empezó a hablar, pero tartamudeó. "Voy a ser una—" María se detuvo en seco cuando escuchó que gritaban su nombre desde el otro lado de la calle.

"¡María!" era Ramón. La culpa la envolvió de repente como si la hubieran sorprendido haciendo algo malo. Ramón iba en su bicicleta y cruzó la calle hasta la iglesia.

María, ¿qué haces aquí? preguntó Ramón en tono acusatorio.

"Ramón, tú sabes que vine a la iglesia por oración", respondió María rápidamente.

—Sí, pero eso fue hace horas. Ya casi se pone el sol, María. Ramón miró a Antonio, tratando de descifrar sus intenciones. "Vete a tu casa, María. Hablaremos de esto mañana".

María sintió que la ira se agitaba en su interior. De acuerdo, ella no tenía idea de que todo ese tiempo había pasado. Hablar con Antonio fue muy fácil y natural. Era como si el tiempo se hubiera detenido. Pero ¿quién era Ramón para decirle qué hacer?

María bajó las escaleras de la iglesia para hablar en privado con Ramón. "Ramón, ¿por qué me hablas así?" Ella susurró. "Tú no eres mi padre. Además, no estoy haciendo nada malo".

Ramón se enderezó y entrecerró los ojos en María. "Puede que no sea tu padre", gritó, "pero me preocupo por ti y por tu futuro. ¡Vas a ser monja, María!".

Todo el color abandonó el rostro de María en ese instante. No podía soportar darse la vuelta para ver si Antonio había oído lo que había dicho Ramón. Se quedó allí inmóvil, mirando a Ramón, luchando contra las lágrimas. María podía escuchar los pasos de Antonio bajando las escaleras detrás de ella, y se preparó para lo que él le diría. De repente, por el rabillo del ojo, lo vio caminando por la calle. Ella no podía creerlo. Acababa de marcharse. Una lágrima cayó de su ojo.

"María", dijo Ramón en voz baja. "Vete a casa, nena".

María sacudió la cabeza en señal de obediencia y se dirigió a su casa. Tomó una ruta diferente para evitar chocar con Antonio. Un torrente de emociones se apoderó de ella, y no podía explicar por qué. Además de la vergüenza y el dolor, tenía este abrumador sentimiento de culpa. ¿Qué hice mal? Solo estábamos hablando.

De repente, como si alguien caminara a su lado susurrando suavemente, escuchó Cantar de Salomón. Capítulo ocho, versículo cuatro. María se detuvo de inmediato, buscando a su alrededor al dueño de la voz. Era la misma escritura que Ramón le dijo que mirara hacia arriba, cosa que ella nunca hizo. ¿Era su conciencia recordándole ahora?

María corrió el resto del camino a casa, ansiosa por leer lo que decía el verso. Cuando llegó a la casa, vio a su hermana menor afuera jugando con un gato callejero.

"¡María!" exclamó Magdalena. "La abuela te ha estado buscando".

—Ahora no, Lena. Tengo que hacer mis estudios bíblicos", respondió María sin aliento, entrando, corriendo a la casa. Magdalena miró a su hermana, temerosa de lo que sucedería a continuación. Trató de advertirle que la abuela estaba enojada, pero María no la escuchaba.

María entró a la casa por la puerta trasera en un esfuerzo por ir directamente a su dormitorio. Dio dos pasos cuidadosos, luego escuchó voces en la sala de estar. La abuela tenía invitados. . . ¡mejor aún! Podía ir a su habitación sin que la vieran y quedarse allí hasta la hora de acostarse.

"¿Por qué no vienes a saludar a nuestro invitado?" La abuela dijo como si tuviera ojos en la nuca.

María se quedó junto a la puerta de su dormitorio, temerosa de darse la vuelta. ¿Cómo supo que yo estaba aquí?

"María", dijo de nuevo la abuela, esta vez con un tono más severo.

María puso una sonrisa en su rostro y prácticamente saltó a la sala de estar en un intento de restarle importancia a la situación.

"Buenas noches," María saludó mientras entraba a la habitación y abrazaba a la abuela. No reconoció a la mujer sentada allí, pero le dio un saludo respetuoso con la cabeza de todos modos.

"Esta es la señora Reyes, María. Trabaja en la panadería frente a San Lucas.

María sintió el corazón en la garganta. Sabía lo que vendría después.

"María, la señora Reyes cree que te vio hoy en la iglesia. ¿estabas allí?" preguntó Abuela.

"Sí, abuela", respondió María.

"Pero ella dijo que te vio sentado afuera en los escalones. ¿estabas sentada en los escalones, María?

"Sí, abuela".

"Aquí está la parte que encuentro difícil de creer", continuó la abuela. "¡La señora Reyes dijo que te vio en la iglesia, en los escalones afuera, hablando con un niño! Le dije que no había forma de que fueras tú. ¿Estaba en lo cierto, María?

"No, Abuela", respondió María lentamente con la cabeza gacha.

La señora Reyes se puso de pie en ese momento y dijo: "Me tengo que ir ahora".

La abuela la acompañó hasta la puerta y le agradeció por venir. ¿Para qué? ¿Por ser el vigilante del barrio? María sabía que no debía moverse de su lugar. Esperó a que la abuela volviera para que le azotaran la lengua. La abuela no pegaba, pero podía lastimar a alguien hasta la médula con sus palabras. María se preparó.

"Bueno, ¿vas a explicarte?" La abuela gritó tan pronto como cerró la puerta principal.

"Yo no estaba haciendo nada malo, Abuela", gritó María. "Después de misa, vi a uno de los clientes de la Señora Media, y entablamos una conversación, ¡y perdí la noción del tiempo!"

"¡Esa debe haber sido una muy buena conversación ya que llegaste tarde más de dos horas, María!" La abuela se paró con las manos en las caderas para enfatizar su enojo. "¿De qué podrías tener que hablar con un chico durante más de dos horas?"

"De nada y de todo un poco. Acabamos de hablar", dijo María mientras una sola lágrima caía de sus ojos. Ese sentimiento de culpa volvió, y ella no sabía por qué.

"Vas a ser monja, María", gritó la abuela. "¿Tienes idea de lo mal que se ve la gente al verte en los escalones en una conversación profunda con un chico? ¡Y en las escaleras de la iglesia!

La abuela continuó con lo que parecía ser la conferencia más larga en la historia. Mientras tanto, María seguía negando con la cabeza. Ella no podía entender qué daño había hecho. Cuando la abuela no pudo hablar más, envió a María a su habitación sin cenar. "¡Tienes que sacrificar tu comida e ir a orar por la misericordia de Dios!"

María corrió a su habitación y encontró a Magdalena y Olga allí. Escucharon todo. Las tres hermanas compartían habitación, por lo que no había escapatoria para ellas y los comentarios que seguramente venían. Magdalena se acercó a María con miedo en los ojos. "¿Estás enojada conmigo?" ella preguntó. María la miró confundida.

"¿Por qué estaría enojado contigo?" María dijo molesta.

"Traté de advertirte sobre la señora, pero no me escuchaste", dijo Magdalena preocupada.

"No es tu culpa, Lena. Tú no provocaste que la chismosa viniera y molestara a la abuela sin razón", dijo María mientras se dejaba caer en su cama.

"No te enojes con la señora Reyes", intervino Olga. "Ella no habría tenido nada que decir si no fuera por ti".

"Gracias, Olga", dijo María. "Siempre puedo contar contigo para traer el último aguijón". María agarró su libro de novenas que estaba en la mesita de noche y comenzó a leer.

Canción de Salomón. Capítulo ocho, versículo cuatro. ¡Allí estaba otra vez, esa voz! María decidió poner fin al misterio y buscar el versículo de la Biblia. Entró de puntillas en la sala de estar para buscar la Biblia familiar. La mayoría de sus libros tenían escrituras selectas o simplemente estaban llenos de novenas. Necesitaba la Biblia completa para buscar la escritura. Corrió de regreso a la habitación y rápidamente buscó Canción de Salomón.

Quiero que juréis, oh, hijas de Jerusalén:
que no despertaréis ni levantaréis a mi amor,
hasta que quiera.

María leyó el verso tres veces, tratando de entender por qué Ramón le diría que lo buscara. "¿Qué estás tratando de decir?" susurró para sí misma. Como si su pregunta estuviera siendo respondida, la voz dentro de ella dijo: "No estás lista. No busques el amor allí. Búscame a mi primero. María rápidamente se sentó en su cama.

"¿Qué?", exclamó Olga.

"¿No escuchaste eso?" María preguntó ansiosa.

"Eso es solo un trueno, loca", respondió Olga.

Ella no estaba hablando del trueno. Ella estaba hablando de la voz. Fue tan clara y audible esta vez. María sintió que se estaba volviendo loca. Cerró la Biblia y la guardó con sus libros de novenario y se preparó para acostarse. Quería dejar este día atrás y empezar de nuevo mañana. Descanso era lo que necesitaba. Mañana sería un nuevo día, y todo sería olvidado.

Capítulo 3

Llegó el amanecer, cantó el gallo y María yacía en la cama. No tenía ganas de hacer sus oraciones matutinas normales. María solía disfrutar el tiempo de tranquilidad que pasaba con Dios temprano en la mañana, pero este día, simplemente no tenía el deseo.

María se quedó mirando el techo pensando en la escena de la iglesia. ¿Cómo le dijo bruscamente Ramón que iba a ser monja? María quería ser la que se lo dijera a Antonio. No quería admitir que estaba herida por la forma en que él se alejó y no le dijo ni una palabra. Pero ¿qué más podía hacer? La verdad era que ella se haría monja y probablemente nunca lo volvería a ver. Después de todo, era solo una conversación y él era solo un conocido.

María finalmente decidió levantarse y preparar el desayuno para la familia. Hoy no hay huevos, pensó. Ella no iba a entrar en ese golpe de pollo nunca más. María comenzó un suculento desayuno étnico que sabía que ganaría puntos con la abuela. Mangú, cebollas salteadas y salami frito estaban en el menú. En treinta minutos, el aroma llenó la casa, despertando los sentidos. Como toque final, María preparó una taza de rico café Santo Domingo, el favorito de la abuela.

Olga fue la primera en aparecer, apenas despierta. ¿Qué estás haciendo?" preguntó ella.

"¿Cómo ves? Hice el desayuno", respondió María, orgullosa de su esfuerzo.

"Por supuesto", comenzó Olga. "El único día que decides preparar el desayuno es el día después de que te metes en problemas".

María estaba lista para dar lo mejor de sí misma, pero simplemente se alejó. Puso la mesa para cuatro y empezó a servir la comida. Poco después, Magdalena y la abuela se unieron a ellos en la cocina.

"Buenos días, Abuela. . . Hermana", dijo María alegremente.

"Buenos días, María," Magdalena respondió con aún más entusiasmo. Su inocencia juvenil calentó el corazón de María, aunque no tenían tanta edad.

La abuela fue directamente al café y llenó una taza, luego la vertió en el fregadero. Era su ritual matutino para "dar honor a los ancestros", como ella diría. Después de servirse una segunda taza, miró a María. "Toda pinta bien, María. Muy bien." Aprobación. El rostro de María se iluminó, reflejando su alegría interior de que Abuela estuviera complacida.

Poco después comenzó la típica charla alrededor de la mesa sobre diversos temas mientras disfrutaban del desayuno. "Después de la misa de hoy, iremos al mercado de agricultores. Van a tener un festival de arte dominical", anunció Abuela.

Magdalena sonrió amplia y prácticamente saltó de su silla. "¡Me encanta el festival de arte! Un día también exhibiré mis artesanías en el festival".

Magdalena era la artística de las tres. Soñaba con viajar por el mundo y pintar y esculpir todo lo que veía. Eran grandes sueños para una pequeña campesina de una pequeña isla.

María estaba feliz de que Abuela tuviera ganas de salir. Con suerte, esa era una señal de que se había olvidado por completo de lo que sucedió el día anterior. Podrían seguir adelante y dejar todo atrás y disfrutar de un domingo en el festival.

Después de la misa, las damas García se dirigieron por la calle Coquina hacia el mercado del agricultor. A pesar de que se decía que había probabilidad de lluvia, el clima no podría haber sido más hermoso. Magdalena se sintió atraída rápidamente por una sección con artistas jóvenes que mostraban su talento. Inmediatamente inició una conversación con uno de los artistas sobre su trabajo. Olga y Abuela caminaron por el siguiente pasillo de exhibiciones de arte, dejando sola a María mirando una escultura de una mujer y su hijo. De vez en cuando, María dejaba escapar su mente y se preguntaba cómo sería estar casada y tener una familia. Aunque estaba segura de que su futuro estaba en el convento, no pudo evitar preguntarse cómo sería que un niño la llamara "Mami".

Lo más cercano que María conoció a una madre fue Abuela. Cuando María era muy pequeña, su madre murió. Abuela nunca superó la pérdida de su hija, y María y sus hermanas tenían prohibido criarla en presencia de Abuela. Eso no fue un problema para María porque no podía recordar nada de su madre. Todo lo que sabía era que desde que tenía cuatro años, Abuela había sido quien la había cuidado a ella y a sus hermanas y había sido esa madre que necesitaba.

El sonido de una risa familiar interrumpió el ensueño de María. Cuando María buscó entre la multitud, vio a la señora Morales y su hermana en el puesto de artesanías. María sintió un nudo en la garganta mientras buscaba una forma de escapar. Había algo en esa mujer que la hacía sentir inadecuada y no le gustaba ese sentimiento.

De repente sintió los brazos de un niño pequeño alrededor de sus piernas. El sobrino de la señora Morales la reconoció y corrió a abrazarla. Excelente . . . No te escondas ahora.

Como si el tiempo se detuviera y hubiera un foco sobre ella, la señora Morales y su hermana se acercaron lentamente a María. Al mismo tiempo, desde otra dirección, La abuela, Olga y Magdalena también se dirigían hacia ella, lo que obligó a María a presentarse.

"Buenos días, señora Morales", dijo María con apenas una sonrisa. "Esta es mi abuela y mis dos hermanas, Olga y Magdalena".

"Ah sí, he oído hablar de ti", respondió la abuela rápidamente. "Buenos días,"

La señora Morales sostuvo la mirada de la abuela por unos segundos, sintiendo el sarcasmo subyacente. Eran como dos guisantes en una vaina y ni siquiera se dieron cuenta. La señora Morales se volvió hacia María y le dijo: "Ayer mandé a mi hijo a probarse los conjuntos y volvió tarde. Confío en que no haya ningún problema con el pedido. Tenemos una fecha límite que debemos cumplir".

El rostro de María reflejaba su nerviosismo. "Estoy seguro de que se completarán a tiempo, señora".

María podía sentir la mirada de la abuela, pero se negaba a hacer contacto visual. La abuela probablemente descubrió que Antonio era el chico con el que estaba en los escalones de la iglesia el día anterior. Casi podía escuchar los pensamientos que pasaban por la mente de Abuela.

"¿Dónde está tu hijo?" preguntó la abuela. Ahora el color desapareció por completo del rostro de María, sorprendida de que la abuela preguntara por Antonio.

"Antonio está dando vueltas. Creo que espera ver a sus amigos aquí. La señora Morales ignoraba que María era probablemente la amiga que buscaba Antonio.

Sintiendo cómo aumentaba la tensión, Magdalena rompió el silencio. "Todavía tenemos las exhibiciones en el otro lado, Abuela".

"¡Sí! Deberíamos ir a verlos", dijo María, tirando ansiosamente del brazo de Abuela.

"Muy bien. Fue un placer conocerlos a todos", dijo la abuela con un simple gesto de asentimiento a la señora Morales.

Mientras se alejaban, María sintió que su corazón seguía latiendo fuerte y rápido. *¿Qué me sucede?* No entendía por qué tenía todos estos sentimientos encontrados. ¿Por qué la familia Morales la hacía sentir tan nerviosa y paranoica? Sin mencionar que el mero pensamiento de Antonio le hacía sentir mariposas en el estómago y tornaba su clima personal similar al del ecuador. Era solo un niño, un cliente de Sol y Luna. Su enfoque estaba en ingresar al convento en septiembre, ¿no?

"¿No me escuchas? ¿Te estoy hablando?", gritó Olga, sorprendiendo a María.

"¿Qué? No te escuché", respondió María.

"Tienes que dejar de soñar despierta y prestar atención", dijo Olga mientras señalaba las exhibiciones.

"¿Qué pasa, Olga?" Dijo María, molesta por la actitud de Olga.

"La abuela está en el puesto de cerámica de allá. Volvió a tropezar con la señora de tu cliente, y parece que su hijo está con ella esta vez".

María se quedó congelada, temerosa de darse la vuelta y ver si realmente era Antonio hablando con la abuela. Todo lo que podía pensar en hacer era jugar como si no le importara. Tal vez si actuaba con indiferencia, Olga y la abuela dejarían de intentar descubrir algo que no existía.

María se dio la vuelta y confirmó sus temores. "Oh, sí, ese es él", dijo María. Tratando de cambiar el enfoque, dijo: "¿Podemos irnos ahora? Me duelen mucho los pies con estas sandalias".

"Déjame encontrar a Magdalena. Ve a buscar a la abuela", Olga hizo una pausa, esperando una reacción de María.

"Está bien. Iré a buscar a la abuela y nos encontraremos contigo en la salida", dijo María con calma, aunque las gotas de sudor comenzaron a formarse en su frente. María caminó hacia la cabina con una mirada seria, decidida a disimular la ansiedad que sentía.

"¡Ría!" El niño gritó cuando la vio. María simplemente le tocó la cabeza y miró a la abuela.

"Olga va a buscar a Lena para que podamos irnos ahora. Mis sandalias me están lastimando los pies".

"María, no seas grosera. ¿No vas a saludar a Antonio Morales? La abuela le dijo en un tono astuto.

"Claro que sí, disculpa". "Hola Antonio", dijo María mirando a todos lados menos a Antonio. "Abuela, tenemos que irnos. Va a llover."

"Pensé que te dolían los pies", dijo la abuela con una sonrisa. "¿Ahora es el clima? ¿Cuál es?"

María miró a la abuela con dureza como para enviarle telepáticamente un mensaje de que no le hacía gracia su sarcasmo. En ese momento, Olga y Magdalena se acercaron, listas para irse.

"Vale, vale", admitió la abuela. "Parece que estamos listos para irnos a casa. Adiós.

Avergonzada por todo el intercambio con la abuela, María ya caminaba hacia la salida del festival mientras los demás seguían despidiéndose de la familia Morales.

Pronto todos alcanzaron a María y caminaron por la calle Coquina en silencio. María solo quería llegar a casa para poder pasar un tiempo a solas y orar. Planeaba recitar el Rosario con la esperanza de sentirse mejor después.

"María", comenzó la abuela. "¿Por qué estás tan callada? ¿Hay algo que deba saber?"

"Me duelen los pies, abuela. Eso es todo lo que hay que saber".

"María", respondió la abuela en un tono más alto. De repente empezó a llover y María no pudo evitar sonreír. Fue como una oración contestada.

"No puedo hablar ahora, Abuela. Tenemos que correr. ¡Está lloviendo!"

Capítulo 4

María pasó las siguientes dos semanas trabajando horas extra en Sol y Luna y como voluntaria en el convento. Hizo todo lo posible para mantenerse enfocada y no darle a nadie motivos para cuestionar sus prioridades. Las monjas quedaron impresionadas con sus actos de servicio y estaban seguras de haber tomado la decisión correcta al aceptarla en el programa de otoño. Al mismo tiempo, la señora Medina temía el día en que tendría que despedirse de su joven protegido. Sol y Luna extrañaría a una costurera muy talentosa.

Con todas las distracciones recientes, María no tuvo tiempo de dejar que su mente divagara sobre Antonio. La abuela parecía haberlo olvidado también; ella nunca lo mencionó.

La señora Morales estaba programada para recoger el pedido en otra semana. Después de eso, María estaba segura de que no volvería a ver a la familia Morales nunca más. El pensamiento de eso le dio paz. Odiaba no tener control de sus emociones, y los Morales sacaron a relucir un espectro de emociones en María.

El sábado por la mañana, María amaneció como de costumbre, escuchando el canto de los pájaros mientras rezaba. María estaba trabajando un día completo en Sol y Luna, y luego tenía un servicio de oración en la iglesia. María usó un vestido modesto que se adaptaría al largo día fuera de la casa. Estaba deseando tener los próximos cuatro días libres de Sol y Luna y del convento. Aunque María tenía la meta de ganar tanto dinero este verano como para pagar la escuela el próximo año, quería disfrutar al menos unos días de su verano antes de que comenzaran las clases nuevamente.

María llegó a Sol y Luna a las 10 am. La señora Medina la tenía trabajando en la parte de atrás todo el día en uniformes. Por lo general, María trabajaba en la tienda los sábados, pero la Señora Media estaba trabajando en una fecha límite para la tienda por departamentos. El día pasó rápido. María pudo coser tres suéteres durante su tiempo en la parte de atrás. Ella disfrutó el trabajar con las otras costureras allí.

La señora Media había comprado una radio para poder escuchar sus novelas. Algunas de esas historias hicieron reír a María, pero la mayoría la dejó con ganas. María soñaría despierta con su vida si no fuera al convento. Fantaseaba con ser diseñadora de modas y vivir en la ciudad con un novio apuesto, al igual que Melisa Cruz, la protagonista de la novela.

A las tres en punto, María comenzó a limpiar su estación para prepararse para salir por el día. Escuchó el timbre sonar en el frente y el sonido de una fuerte voz familiar. No puede ser, pensó para sí misma. María se acercó a la cortina para escuchar mejor la voz.

De repente, la señora Medina entró corriendo. "¡Necesito la orden de Morales!" Justo antes de que se cerraran las cortinas, María vislumbró el perfil de Antonio.

"Pensé que no vendrían hasta dentro de una semana", dijo María, confundida.

"Los llamé anoche y les dije que podían terminar hoy. Yo mismo hice los toques finales para ayudar a Ramón a sacar este pedido de su lista". La señora Medina colocó las prendas recién planchadas en un perchero para llevarlas al frente.

"Pero Ramón no está aquí para ver si hay que hacer algún ajuste", dijo María con aprensión.

"María", la señora Medina se detuvo, un poco molesta. "Se encargaron de eso en la última prueba. ¿Qué sucede contigo?"

"Oh, nada", dijo María con una risa nerviosa. "Es solo que sé lo difícil que puede ser la señora Morales. Quería asegurarme de que todo fuera perfecto para que no tuvieras que ver su lado feo".

"Está bien, niña. Estas prendas son perfectas. Ahora ven y ayúdame a empacarlos". La señora Medina comenzó a empujar el estante hacia el frente de la tienda, esperando que María la siguiera. "¡Vamos!" —ordenó la señora Medina al entrar a la tienda principal.

María respiró hondo y se dijo a sí misma: "Tú puedes hacer esto".

Cuando María atravesó las cortinas, la señora Morales ya estaba inspeccionando las prendas una por una.

"Estos quedaron muy lindos, Estela", dijo la señora Morales sin levantar la vista. "Por suerte para ti, no tendrás que ver mi lado feo, ¿verdad, María?"

"Sra. Morales, yo ... no quise decir. . ." María comenzó a explicar, pero se detuvo cuando la mujer levantó la mano en un esfuerzo por silenciarla.

"¿Cuánto debo?" preguntó la señora Morales mientras caminaba hacia el mostrador para liquidar la cuenta con la señora Medina.

María comenzó a embolsar las prendas cuando Antonio se acercó a ella y le susurró: "Discúlpame". María siguió colocando las bolsas de plástico sobre cada prenda, ignorando por completo a Antonio.

"María, por favor acepta mis disculpas", intentó de nuevo. María miró hacia atrás para asegurarse de que las señoras estaban preocupadas y le respondió a Antonio en un tono duro. "Te la pasas disculpándote, como sí me importará tanto".

María se alejó para encontrar más bolsas de ropa, dejando a Antonio sintiéndose culpable. La señora Morales terminó de pagar su saldo y comenzó a agarrar algunas de las bolsas para ponerlas en su carro.

"Antonio, toma el resto", gritó mientras salía. "¡Gracias, Estela!"

La señora Medina fue a la trastienda a poner el dinero en la caja fuerte. Al darse cuenta de que estaba sola con Antonio en la tienda, el corazón de María comenzó a latir rápidamente.

"María, no quise lastimarte al alejarme", comenzó rápidamente Antonio, aprovechando el breve momento que tenían a solas. "No quería meterte en más problemas".

"Está bien. Todo está bien", dijo María. "Aquí están sus prendas, señor Morales. Gracias por comprar en Sol y Luna". Ella le entregó la última de las bolsas y se alejó.

En ese momento, la puerta principal se abrió y la señora Morales se paró en el umbral diciendo: "Date prisa, Antonio. ¡Tengo que volver a casa!"

Antonio miró a María por última vez y dijo: "Gracias, señorita", y salió por la puerta. María quería llorar. ¿Por qué este chico despertó estos sentimientos en ella? María no sabía que la señora Medina estaba parada junto a las cortinas y presenció el último intercambio.

"¿Estás bien, María?"

"¡Señora Medina, me asustó!"

La señora Medina se acercó a María y la abrazó. "María, mantente enfocada, ¿de acuerdo?"

"Sí, señora", respondió ella. Ahora que la familia Morales estaba fuera de su vida, mantenerse enfocada no sería un problema.

María recogió sus pertenencias y se despidió. Aunque estaba física y emocionalmente cansada, de todos modos, iría a la oración de la tarde a la iglesia. Después de caminar una cuadra, María vio a Antonio parado contra un Pontiac.

"¿Qué estás haciendo aquí?" preguntó María. "El dueño de ese auto no estará feliz de que estés apoyado en él".

"A él no le importa", dijo Antonio con una sonrisa.

"En realidad. ¿Y cómo sabes esto?" preguntó María, cruzándose de brazos.

"Porque es mi auto", dijo Antonio, riendo. Los ojos de María se abrieron como platos.

"¿Tienes tu propio coche?" María rodeó el auto para verlo desde todos los ángulos.

"Mi padre me lo compró hace dos semanas", dijo Antonio, asombrado por el entusiasmo de María por el auto. "Vamos a dar una vuelta", sugirió. María acarició la idea, emocionada ante la idea de estar en un auto. Solo hubo dos veces que María había estado en un automóvil, y en ambas ocasiones, era demasiado joven para recordar la experiencia. "Ven", dijo Antonio mientras abría la puerta del auto. María olvidó por completo que iba camino a la iglesia. Todo en lo que podía pensar era en dar una vuelta rápida en un auto alrededor de la cuadra. Sin decir una palabra, María subió al auto.

Antonio condujo con cautela por la carretera en silencio. María trató de que no se notara lo impresionada que estaba con su forma de conducir. Cada vez que Antonio se volvía a mirarla, ella fingía mirar por la ventana. Después de unos minutos, María se dio cuenta de que estaban más allá de la vuelta de la manzana.

"¿A dónde vamos?" María preguntó con miedo repentino en su voz.

Antonio se volvió hacia María y simplemente le dijo: "Confía en mí".

Algo en la forma en que la miraba hizo que María sintiera que podía confiar en él. Antes de darse cuenta, estaban en la playa. María había vivido la vida confinada al pequeño perímetro que incluía la escuela, el trabajo, la iglesia y el hogar. Nunca había viajado la distancia a la playa que estaba a solo treinta minutos en auto. María no pudo contener su emoción. Antonio le abrió la puerta y ella salió del auto, abrumada por la gran masa de agua.

Antonio, ¿cómo lo supiste? María dijo suavemente. "¿Cómo supiste que me gustaría esto?" Antonio se encogió de hombros y miró a su alrededor.

"Tuve una sensación. Somos tan parecidos en otros aspectos. Me encanta la playa, así que pensé que probablemente a ti también te encantaría". Antonio tomó su mano.

María no dudó y se tomó de la mano mientras él la acompañaba a la orilla. Era una hermosa tarde de verano, pero María notó que no había nadie en la playa.

"¿Dónde está todo el mundo? ¿Por qué la playa no está llena de gente? preguntó María, empapándose de su entorno.

"Esta es una playa privada. Mi madre limpia para muchas de las familias de por aquí. Dice que muchos de ellos se van de vacaciones a otro lugar durante el verano". Antonio todavía sostenía la mano de María ahora con los ojos fijos en ella.

"Si viviera aquí", dijo María, "nunca me iría. Es muy bonito.

"¿Alguna vez has visto el amanecer desde aquí?" Antonio preguntó con emoción en su voz. "Es aún más hermoso".

María vio hablar a Antonio con sincera admiración por la creación. No todos los días conoces a un adolescente que habla con tanta pasión sobre la belleza de la naturaleza.

De repente, María se dio cuenta de la hora. "¡Tengo que volver! Por favor, llévame de regreso ahora", gritó María, tratando de caminar rápidamente sobre la arena seca. Antonio dio grandes zancadas para seguirla. Pronto estaban de vuelta en el camino.

Al recordar el episodio con la señora Reyes, María le pidió a Antonio que la dejara en otra calle al lado de su casa, y ella caminaría el resto del camino. En esa manzana no había nada más que una taberna. Si alguien la veía en ese callejón sin salida, estaba segura de que no le diría ni una palabra a la abuela. Tendrían que admitir que estaban en el bar, y eso ya sería bastante escandaloso. Su secreto estaba a salvo.

Cuando llegaron al punto de entrega, Antonio apagó el auto y se quedó mirando el volante. "¿Qué ocurre?" preguntó María.

Antonio se veía triste y sin esperanza. "Me gusta mucho pasar tiempo contigo, María". Sin dejar de mirar el volante, Antonio continuó: "Realmente odio decir adiós".

María sonrió. Su transparencia era entrañable. "Pues no nos vamos a despedir entonces", respondió María. "Digamos, hasta la próxima".

"¿Qué tal mañana?" Antonio respondió rápidamente, haciendo contacto visual. "Déjame mostrarte el amanecer en la playa mañana". María dejó escapar un gran suspiro, sabiendo que la abuela nunca le permitiría emprender esta inofensiva aventura. "Por favor, María", suplicó Antonio mientras tomaba la mano de María entre las suyas. María no se atrevió a decir que no.

"Te encontraré aquí antes de que cante el gallo". El corazón de Antonio saltó de emoción ante la respuesta de María.

"¡Gracias!" dijo con su infame sonrisa.

"Hasta la próxima", dijo María mientras salía del auto. Antonio la siguió discretamente mientras caminaba a casa la media milla. Durante todo el camino a casa, María pensó en cómo explicaría llegar tarde a casa. Ella ensayó diferentes maneras de cómo explicaría su viaje de alegría con Antonio.

Cuando María se acercó a la casa, notó que un automóvil se alejaba. Se le revolvió el estómago al pensar que podría haber sido otro informante. ¿Cómo saldría ella de esta? María miró hacia atrás justo cuando Antonio giraba para regresar a casa. Ella sonrió mientras él se alejaba. Fue dulce de su parte seguirla a salvo hasta su casa. Lástima, después de esta noche, es posible que nunca lo vuelva a ver.

María respiró hondo y se preparó para lo peor. Había mucha conmoción en la casa que podía escuchar desde afuera. María estaba segura de que era la abuela planeando su castigo por estar con un chico en la playa. Cuando abrió la puerta trasera, La abuela,

Olga y Magdalena estaban en la cocina hablando al mismo tiempo.

"¿Que está pasando?" María preguntó vacilante.

"¡María!" Abuela gritó. "Ven aquí." María temió por su vida y buscó ayuda en sus hermanas. Fue entonces cuando se dio cuenta de que estaban sonriendo, grandes sonrisas. María volvió a mirar a Abuela y vio que la abuela también sonreía. Dio pasos lentos hacia su abuela, temerosa de en lo que se había metido.

"Acabamos de recibir una visita", comenzó Abuela. "El señor Guzmán acaba de pasar con algunas noticias".

"¿Quién es el señor Guzmán?" preguntó María, temerosa de la respuesta.

"El señor Guzmán es administrador del hospital. Quedó impresionado por el trabajo voluntario de Olga allí la primavera pasada y la recomendó para el programa de enfermería en la universidad de la ciudad". Abuela se sentó para recuperar el aliento.

"Esa es una gran noticia, Olga", respondió María con un poco de alivio. Ella no era el enfoque de la emoción de la noche. La abuela levantó la mano para que María dejara de hablar.

"Eso no es todo, María. ¡El señor Guzmán se detuvo para decir que la universidad la aceptó en el programa con una beca! Olga irá a la ciudad en septiembre para asistir a la escuela de enfermería. ¡Gloria a Dios!"

"¡Felicidades, Hermana! Esto es por lo que oraron", dijo María mientras abrazaba a su hermana.

"Y la mejor noticia de todas", interrumpió Magdalena, "¡puedo tener la habitación para mí sola!". Todos se echaron a reír y la emoción comenzó de nuevo con todos hablando al mismo tiempo. María no recordaba un momento en que Olga se viera tan feliz. Esto fue realmente una bendición. María estaba tan atrapada en las noticias que se olvidó por completo de su excursión de la tarde y sus planes de madrugada con Antonio. No fue hasta que estuvo en la cama más tarde esa noche, a minutos de dormir, que recordó su cita a la mañana siguiente. Estaba aún más emocionada de verlo ahora para poder compartir las buenas noticias de la familia con su amiga. Después de todo, él era solo un amigo.

Capítulo 5

María apenas podía dormir, despertándose cada treinta minutos para mirar el reloj. No quería llegar tarde al encuentro con Antonio en la calle Palmas. Podía escuchar a la abuela roncando fuerte en su dormitorio. Mientras el sonido retumbante continuara, María podría escabullirse con éxito. Aunque técnicamente no estaba haciendo nada malo, María sabía que la abuela pensaría lo peor y haría una demostración exagerada si la atrapaban.

Justo antes del amanecer, María lentamente tomó su camino por la calle. Estaba muy tranquilo, sin una persona a la vista. De repente María fue consciente de lo que estaba haciendo y de los peligros de caminar por las calles a oscuras. El miedo se apoderó de ella cuando escuchó pasos detrás de ella. Demasiado asustada para darse la vuelta, María comenzó a caminar más rápido. ¿Por qué no le dijo a Antonio que la recogiera en la casa? Los pasos sonaron más rápidos y pesados. El corazón de María comenzó a latir rápido cuando casi trotaba para encontrarse con Antonio. Estaba casi en la parada de reunión. Una vez que doblara la esquina de la calle

Palmas, estaba segura de perder a quienquiera que estuviera detrás de ella.

Apenas dobló la esquina, los ojos de María buscaron a Antonio y su auto. Caminó frenéticamente, con los ojos bien abiertos, tratando de ver una señal de su amiga esperándola. ¿Era demasiado pronto? María comenzó a rezar un Avemaría en voz baja cuando se dio cuenta de que Antonio no estaba. Se puso en una situación en la que le podían pasar varias cosas y no tenía a nadie más a quien culpar.

María se detuvo de repente y trató de recuperar el aliento. En un acto de rendición, María se dio la vuelta lentamente para ver si todavía la seguían.

"¡Antonio!" ella gritó. "¿Fuiste tú todo el tiempo?"

Antonio se rió. "¿Quién creías que era?"

El miedo de María se convirtió en ira. "¿Crees que es gracioso? ¡Pensé que eras un matón callejero! María golpeó a Antonio en el brazo. "¡Tenía miedo!"

Antonio comprendió rápidamente que esto no era cosa de risa. "Discúlpame, María", explicó. "Pero ¿realmente pensaste que iba a dejarte caminar todo ese camino sola en lo oscuro?"

El rostro de María comenzó a relajarse cuando se dieron cuenta de los verdaderos motivos de Antonio. Ella solo lo miró, avergonzada por enojarse cuando él solo buscaba su bienestar.

"Tenemos que irnos", dijo Antonio mientras caminaba de regreso a tres autos de distancia. Le abrió la puerta del auto a María y ella entró silenciosamente. Fue como un momento que ella ya había vivido antes. El camino a la playa fue silencioso. Antonio se sintió mal por molestar a María y María se sintió mal por reaccionar de forma exagerada.

Cuando llegaron a la playa, Antonio siguió haciéndose el caballero y le abrió la puerta del auto a María. Buscó una manta en el asiento trasero, tomó su mano y caminaron hasta el lugar ideal. Antonio abrió la manta sobre la arena y le indicó a María que se sentara. Una vez que ambos estuvieron sentados sobre la manta, Antonio señaló hacia el mar. Llegaron justo a tiempo. Una luz comenzó a asomarse sobre el agua pintando un hermoso tono en el cielo.

María se llevó una mano a la boca con asombro. Nunca había experimentado el amanecer. Aunque se levantaba temprano todas las mañanas para rezar, nunca prestaba atención a cómo la luz del sol ahuyentaba la oscuridad de una manera tan hermosa. Ambos se sentaron en silencio viendo salir el sol. Después de un rato, María se puso de pie y caminó hacia la orilla. Antonio no sabía que María estaba llorando y que ella estaba tratando de ocultarle las lágrimas.

Cuando el sol estaba casi completamente alto, Antonio caminó para reunirse con María en la orilla. María se secó rápidamente la cara para que no viera sus lágrimas. Antonio puso su mano en la parte baja de la espalda de María y ella saltó. Su toque era como electricidad para ella. Antonio la miró, desconcertado por su reacción. María podía sentir sus mejillas calentarse, avergonzada nuevamente por sus acciones. Dio un paso más hacia Antonio. Puso su mano sobre su espalda otra vez, pero esta vez, la atrajo a un abrazo. María se sorprendió por su osadía, pero le gustó. Poco a poco, levantó los brazos y le devolvió el abrazo.

Cuando María intentó soltarse después de unos segundos, Antonio la agarró con más fuerza. María se sintió impotente en los brazos de Antonio. Podía sentir los latidos de su corazón, lo que hizo que sus mariposas regresaran.

Cuando Antonio soltó a María, la miró a los ojos y rompió el silencio por primera vez en una hora. "Nunca te voy a lastimar. No me tengas miedo. Antonio tomó su mano y comenzaron a caminar de regreso al auto.

María se detuvo en seco y se volvió hacia Antonio. "Discúlpame", comenzó. "Lamento haberte gritado antes y haberte golpeado. Esta mañana fue increíble. Nunca había visto algo tan hermoso y estoy agradecida por la experiencia".

Antonio interrumpió: "Podemos hacerlo de nuevo, cuando quieras..."

"Déjame terminar, Antonio", continuó María, ahora de pie con confianza. "Estoy agradecida, pero no podemos volver a vernos".

Antonio abrió la boca para hablar, pero María le tapó la mano.

"No me gustan estos sentimientos que estoy teniendo, Antonio. Me asustan. Yo iré a Altagracia Prep en septiembre y tú irás a la universidad. Nuestra amistad terminará eventualmente. Bien podría terminar ahora antes de que vayamos más lejos.

Como era de esperar, la mirada en el rostro de Antonio cambió. Era su turno de estar enojado. Soltó la mano de María y rápidamente caminó de nuevo hacia el auto. Cuando llegaron al auto, se volvió hacia María, quien estaba lista para su refutación. "Nunca he conocido a una persona más hermosa por dentro y por fuera. Me gusta nuestra amistad, y me gusta la idea de ser mejores amigos. Si todo lo que tenemos es este verano, ¿por qué pasarlo separados y miserables? Por favor, María", suplicó Antonio.

María abrió la puerta del auto y simplemente respondió: "Tenemos que irnos"

Conducir de regreso pareció llevar más tiempo que antes. María odiaba todas estas emociones que sentía. En lugar de irse a casa, le pidió a Antonio que la dejara en la iglesia. Ella necesitaba orar. Antonio se detuvo en el lote baldío detrás de la iglesia según lo solicitado.

Justo cuando María tocó la manija de la puerta, Antonio hizo su última apelación. "Por favor, María. Hay una nueva película en el Riviera esta noche. Encuéntrame ahí."

María abrió la puerta y salió del auto sin responder. Mientras caminaba hacia el frente de la iglesia, podía escuchar las palabras de Antonio resonando en sus oídos una y otra vez.

María logró entrar a la iglesia vacía y se sentó a mitad de camino. "¿Qué estoy haciendo?" se preguntó a sí misma.

No despiertes el amor, escuchó en respuesta. Fue en ese momento que entendió lo que Ramón estaba tratando de decirle. "No despiertes el amor", se repetía María en voz alta.

"¿Qué dijiste?"

María levantó la vista y vio a la hermana Rebeca de pie frente a ella con una pila de libros de oraciones.

"Oh, hermana Rebeca, lamento no haberla visto parada allí". La Hermana Rebeca fue una de las monjas que enseñó en Altagracia Prep. Era una de las maestras más jóvenes y también la favorita de María.

"¿Estás bien, María? Te ves diferente", preguntó la hermana Rebeca.

"Estoy bien, hermana. ¿Qué son esos libros? María preguntó en un esfuerzo por cambiar el enfoque de ella.

"Vine a recoger algunos libros de oraciones de la iglesia para usarlos en mi clase de teología de verano", respondió la hermana Rebeca mientras se sentaba junto a María. "Sabes", continuó, "recuerdo cuando estaba en tu lugar, esperando que mi vida comenzara. El verano antes de la escuela preparatoria fue el momento más emocionante de mi vida. Recuerdo ir de vacaciones con mi familia a Estados Unidos. Nos divertimos mucho en Florida. Nos quedamos con mi Tío Eli y su familia durante tres semanas. Tenían una casa grande con piscina donde aprendí a nadar. Comimos comidas increíbles durante todo el día todos los días. ¡No quería irme!"

María se rió de la hermana Rebeca, imaginándola como una joven adolescente divirtiéndose en las vacaciones.

"No, lo digo en serio", dijo la hermana Rebeca en otro tono. "No quería irme de Florida. Quería quedarme con mi tío y disfrutar de la dulce vida que creía que tenían. Ya no quería ir a Altagracia Prep o ser monja, de hecho. Quería ser modelo. En tres cortas semanas, quería darle la espalda a todo lo que sabía que era verdad y tomar un camino diferente al que Dios tenía para mí".

"Hermana Rebeca, no tenía ni idea", dijo María, fascinada por el conocimiento del pasado de esta monja. "Gracias a Dios que no cumpliste, o no te tendríamos hoy con nosotros", dijo María con una gran sonrisa.

"Sí, María, pero casi no sale así", continuó sor Rebeca. "A veces miramos las cosas que la gente tiene y pensamos que nos estamos perdiendo algo cuando lo que tenemos es igual de bueno o incluso mejor". Sor Rebeca colocó su mano sobre la de María. "Cuando sabes que Dios tiene un plan para ti, no buscas otras opciones. El plan de Dios siempre es el mejor".

La hermana Rebeca miró intensamente a María por un momento, buscando una señal de que entendiera el mensaje que estaba tratando de entregar, pero María no parpadeó.

"¿Recuerdas la historia de la Biblia sobre Jesús caminando sobre el agua, María?"

"Por supuesto que sí. Es una de mis favoritas de todas las cosas maravillosas que hizo Jesús", respondió María con luz en los ojos.

"María, esa historia no es un relato de cómo Jesús hizo otro truco. Se trata de quiénes somos y qué podemos ser cuando confiamos en Él y nos enfocamos en Él". La hermana Rebeca hizo una pausa, esperando una respuesta de María, pero se desilusionó una vez más. "Cuando Pedro se centró en Jesús y puso toda su fe en Él, Jesús lo llamó y Pedro pudo caminar sobre el agua. En el momento en que Pedro miró hacia otro lado y apartó los ojos de Jesús, comenzó a preguntarse qué estaba haciendo y se hundió. Te han llamado, María. No quites tus ojos de Él".

Súbitamente consciente de lo que le decía sor Rebeca, María asintió con la cabeza.

"Bueno, tengo que volver al convento", dijo la hermana Rebeca mientras se levantaba. "Recuerda, si necesitas hablar de algo, ya sabes dónde encontrarme".

"Gracias hermana. Lo recordaré", respondió María.

Mientras la hermana Rebeca recogía sus libros para irse, le susurró a María: "Y si necesitas que te lleve a la iglesia, puedo llevarte en mi auto". María jadeó al darse cuenta de que la hermana Rebeca debió haberla visto salir del auto de Antonio. Avergonzada por la percepción que probablemente sor Rebeca tenía de ella, María se quedó sin palabras.

Pasó una hora después de que la hermana Rebeca se fue y María se quedó sentada en la iglesia pensando en lo que dijo su mentora. Tenía que mantenerse concentrada. Tenía nueve semanas antes de ir a Altagracia y necesitaba concentrarse en eso y nada más.

Cuando María finalmente llegó a casa, era casi la hora del almuerzo. Abuela estaba sentada en la cocina tomando café con la señora Medina.

"Señora Medina", dijo María, sorprendida de verla. "¿Qué estás haciendo aquí?"

"¡Eso es de mala educación, María!" espetó la abuela.

"Lo siento. No quise decir eso", se disculpó María. "Quiero decir, ¿hay algún problema en la tienda?"

"Todo está bien, María", respondió la señora Media. "Solo pasé para darte una pequeña muestra de mi aprecio". Le entregó a María un sobre. "Has estado trabajando muy duro las últimas dos semanas en Sol y Luna, y quería que supieras lo agradecido que estoy".

María estaba tan emocionada de recibir el regalo. Rápidamente abrió el sobre para ver su contenido. Cuando descubrió cuál era el regalo, su gran sonrisa se desvaneció rápidamente.

"¿Qué pasa, María?" preguntó la abuela.

"Le compré boletos para que todos ustedes vayan al cine esta noche", respondió emocionada la Señora Media. "Esta noche están mostrando la película estadounidense Los 10 Mandamientos. Lo he oído de mis amigos en Estados Unidos. ¡Te va a encantar!"

"Oh Estela, eso es muy amable de tu parte", respondió la abuela, eufórica por el regalo. "María, dile a la señora Medina lo agradecida que estás". María se quedó paralizada por la ironía del regalo. Antonio la había invitado al cine, y ella ya decidió no ir y guardar distancia con él. ¿Fue una coincidencia que ahora recibiera boletos de la señora Medina o exactamente la misma película en la misma noche?

"¡María!" Abuela gritó.

"Señora Medina, muchas gracias", respondió María.

"¡Casi la dejas sin palabras, Estela!" la abuela bromeó. No tenía idea de por qué María se quedó sin palabras.

"Debo volver a la tienda ahora", dijo la señora Medina. "Disfruta de tus días libres y disfruta del cine esta noche. ¡Adiós!" La señora Medina salió por la puerta en un instante con su habitual estilo apresurado.

"Chicas", gritó Abuela. "¡Vamos a la Riviera esta noche!" Abuela estaba tan emocionada, y pronto Magdalena y Olga se unieron a la emoción mientras ella les informaba.

"Ay María", dijo Magdalena. "¡Esta noche va a ser la mejor!" María le sonrió a su hermanita, pero en el fondo tenía miedo de lo que le depararía la noche. No confiaba en su corazón cuando Antonio estaba cerca, y verlo de nuevo solo la confundiría aún más acerca de sus sentimientos.

"Sí, Leña. La mejor noche."

Capítulo 6

Cuando el Riviera abrió sus puertas en la ciudad seis meses antes, era de lo único que la gente podía hablar. María recordó a Ramón hablando de ir allí la primera semana que lo abrieron. "Es un teatro impresionante", dijo, "pero atrae a los "esnobs" del pueblo". Ramón juró que no volvería a ir porque era demasiado caro y era un lugar frecuentado por la alta sociedad. Ramón no era fan de las socialités.

Esta noche, María y su familia estarían entre esas personas. Tenía mariposas en el estómago por la emoción. No sabía qué esperar de la noche entre el magnífico teatro y la presencia de Antonio. De cualquier manera, ella trataría de actuar con calma y no ponerse ansiosa por todo eso.

"Honestamente, María, no entiendo cómo tienes estos momentos en los que apagas el mundo", dijo Olga, molesta con María.

"¿Cómo?" María respondió, perdida por el comentario.

"He estado hablando contigo durante cinco minutos y has estado aturdida mirando la pared. ¿Escuchaste lo que dije? espetó Olga.

"Está soñando despierta con esta noche, Olga", interrumpió Magdalena, defendiendo a su hermana mayor como suele hacer. "Esta es la última cosa emocionante que experimentará antes de ir al convento".

"¡Eso no es cierto!" María gritó. "Mi vida estará llena de emoción. ¡Solo porque me vaya a Altagracia no significa que voy a dejar de vivir!"

"María, no quise decir eso", respondió Magdalena con lágrimas en los ojos. "Solo quise decir que probablemente no tendrías oportunidades como esta porque. . ."

"Déjalo en paz, Magdalena", ladró Olga. Solo déjala en paz.

"Bueno, lo siento", susurró Magdalena, haciendo un último intento de disculpa.

"Está bien, Lena", dijo María. "Discúlpame por haber gritado".

"¿Puedo volver a lo que estaba diciendo?" Olga gritó. "La abuela dijo que tenemos que estar listos en quince minutos. Recuerda que nos iremos caminando".

"¿Qué?" María se puso de pie, desconcertada. "Pensé con seguridad que la abuela habría contratado a un conductor para que nos llevara. ¡Esa es una caminata de seis millas con zapatos elegantes!

"Como te estaba explicando cuando me estabas ignorando", continuó Olga, "La abuela dijo que usaras tus zapatos para caminar. Ella pondrá los zapatos elegantes de todos en una bolsa. Cuando nos acerquemos al teatro, podemos cambiarnos de zapatos". María dio un suspiro de alivio. No entendía la terquedad de la abuela con los automóviles. Nunca le gustó montar en ellos.

María se puso rápidamente el vestido después de probarse otros cuatro. Se decidió por un vestido de lunares blanco y negro con un suéter blanco para cubrir sus hombros. Fue uno de los primeros vestidos que hizo, pero nunca tuvo la oportunidad de usarlo. Esto tendrá que funcionar, pensó.

Las mujeres García se dirigieron al teatro y el clima estaba a su favor. Magdalena habló todo el tiempo de todo. A María no le importó. Hizo que la larga caminata fuera más entretenida. Antes de darse cuenta, estaban a una cuadra del teatro.

"Muy bien, chicas, cámbiense los zapatos", dijo la abuela mientras repartía los zapatos. María comenzó a quitarse los zapatos en un esfuerzo por hacer el cambio rápidamente sin ser notada. Mientras se balanceaba sobre un pie para ponerse el zapato formal, un automóvil pasó lentamente y todo lo que María podía escuchar eran risas. Cuando levantó la vista, vio que era la señora Morales. María podía sentir que la sangre abandonaba su rostro. Quería dar la vuelta y correr de regreso a casa.

"Esa mujer es increíble", dijo la abuela con los dientes apretados mientras observaba el auto alejarse.

María se quedó allí con la cabeza gacha, ocultando su vergüenza mientras los demás se cambiaban los zapatos, impasibles ante lo sucedido.

La abuela se dio cuenta de que María no se estaba poniendo los zapatos y su rostro reveló otro nivel de ira. "María, no me digas que vas a dejar que esa mujer te arruine la noche".

Con la cabeza aún agachada, María no respondió. La abuela miró a su nieta y se dio cuenta de que, aunque María era madura para su edad, todavía era una adolescente. Su rostro se relajó y su tono se suavizó. "María, si estás tan avergonzada y avergonzada de lo que eres, entonces te avergüenzas del Dios que te hizo".

"Oh no, Abuela", respondió María rápidamente. "No me avergüenzo de mi Dios. ¡Nunca me avergonzaría de Él!" María se agachó para cambiarse los zapatos. Cuando se puso de pie, la abuela todavía la estaba mirando. Había amor en sus ojos, pero no dijo una palabra. La abuela rara vez expresó afecto hacia María, incluso cuando el momento lo requería.

"¿Podemos irnos ahora?", dijo Magdalena, ansiosa por llegar al teatro.

Rápidamente caminaron la última cuadra hasta el Riviera. Había una gran multitud de gente haciendo cola para comprar entradas para ver la película americana. María caminó hasta el acomodador en la puerta y le entregó los boletos, y él respondió con un movimiento de cabeza para que entraran.

Mientras entraban, María vio a la señora Morales parada en la larga fila esperando para comprar un boleto. María hizo contacto con ella y sonrió. "Vindicación", susurró para sí misma.

Los ujieres escoltaron a las mujeres al teatro principal y les indicaron que se sentaran donde quisieran en la sección premium. La película comenzaría en unos minutos y los asientos se estaban llenando rápidamente. María no pudo evitar buscar nerviosamente a Antonio entre la multitud. Supongo que no vino.

De repente, las luces se atenuaron y comenzaron los créditos iniciales de la película. Magdalena apretó el brazo de María de pura emoción. María volvió la cabeza por última vez hacia la entrada cuando vio a un ujier con una linterna escoltando a un grupo de adolescentes a una fila de asientos. Las entrañas de María dieron un brinco cuando vio a Antonio en el grupo. Ajeno a ella, Antonio siguió al grupo y se sentó en el asiento asignado. María volvió a centrar su atención en la pantalla grande.

La historia de Moisés que cobró vida de una manera tan épica fue asombrosa para esta chica de un pequeño pueblo. Cuando llegó el intermedio, María no quiso levantarse por miedo a perderse alguna parte de la película cuando comenzara de nuevo.

Olga y la abuela fueron a los baños mientras Lena fue a buscar refrescos para todos en el mostrador de concesiones. María se sentó en el cine y vio a la gente participar en comentarios entusiastas sobre la película. Escaneó el teatro buscando dónde desapareció Antonio cuando vio a un viejo amigo.

"¡Ana!" llamó María. Su amiga de la infancia caminó rápidamente por el pasillo con su vestido ajustado.

"María, ¿qué haces aquí?" preguntó Ana en voz alta, haciendo que la gente girara la cabeza. No se habían visto desde que la familia de Ana se mudó a la ciudad hace dos años. Aunque Ana era solo unos meses mayor que María, tenía la figura de una mujer adulta. María miró a Ana de pies a cabeza, notando su vestido que acentuaba cada curva.

"Ana, mírate", dijo María con un dejo de envidia. "¡Pareces una modelo!"

"Eso es porque lo soy", respondió Ana con una risita. "Mami pagó para que fuera a la escuela de modelos el verano pasado y desde entonces he tenido grandes oportunidades". María estaba tan absorta en lo que decía Ana que no se dio cuenta de que Antonio se le había acercado por detrás.

"Bueno, ¿quién es este?" preguntó Ana en un tono sensual. María fue sorprendida cuando vio a Antonio parado a su lado.

"Mi nombre es Antonio Morales. Soy amigo de María. Cuando extendió la mano, Ana la agarró y acercó a Antonio y lo besó en la mejilla.

"Cualquier amigo de María es amigo mío", respondió Ana. María sintió que el calor se abría paso hasta su rostro. Ver cómo Ana coqueteaba con Antonio y cómo lo disfrutaba le trajo emociones que nunca había sentido. Los dos conversaban mientras María miraba como si fuera una espectadora de un partido de tenis. Se olvidaron de que ella estaba allí.

Las luces del teatro parpadearon para indicar que la película comenzaría en dos minutos. María miró hacia sus asientos y vio que la abuela y sus hermanas habían regresado. "Me voy a sentar", dijo María, interrumpiendo la conexión amorosa. Apenas reconociendo su existencia, Ana saludó con la mano, "Adiós, Ria", sin apartar los ojos de Antonio.

María se recostó en su asiento en silencio. "¿Es Ana hablando con el hijo de esa horrible dama?" preguntó la abuela.

"Sí", María respondió brevemente, fingiendo no importarle. Las luces se atenuaron y la película comenzó de nuevo. María pudo ver sombras de personas que se dirigían a sus asientos. Se esforzó por concentrarse en la película, pero su mente seguía vagando por Antonio y Ana. ¿Estaba interesado en Ana? Ella pensó para sí misma. Ana actuó de manera tan sofisticada, y Antonio se sintió claramente atraído por ella. Los celos de María crecieron mientras diferentes escenarios jugaban en su cabeza. Probablemente se casarán. Estoy seguro de que tendrán muchos hijos.

De repente la abuela gritó, "¡Gloria a Dios!" Y la multitud siguió con una mezcla de aplausos y jadeos.

"¿Qué ocurre?" María le dijo a Magdalena, sobresaltada.

"¡Moisés dividió el Mar Rojo!" Magdalena susurró, sentándose en el borde de su asiento. «¡Pon atención!»

María sintió una oleada de culpa repentina. Tuvieron la suerte de ver una de las películas más épicas sobre un evento bíblico en un hermoso teatro, y ella lo estaba desperdiciando, pensando en un niño. Para empeorar las cosas, su hermana pequeña fue quien indirectamente se lo señaló.

El resto de la película no decepcionó. Fue tan increíble como la primera mitad. Cuando se encendieron las luces, la gente recogió lentamente sus pertenencias y salió del teatro. María notó que Ana se sentó junto a Antonio durante la segunda mitad de la película. Fingió no importarle cuando Magdalena le dio un codazo para que siguiera avanzando hacia el pasillo. Cuando llegaron frente al teatro, la abuela les indicó que usaran el baño nuevamente antes de comenzar su regreso a casa. María y Magdalena volvieron a entrar, dejando afuera a la abuela y a Olga.

La abuela vio a la gente salir del teatro con sus trajes elegantes. Ella no conocía a la mayoría de los clientes, pero conocía a casi todos en el pequeño pueblo, excepto a las personas ricas que amaban la playa. Ana salió del teatro con Antonio y sus amigos, seguida por la señora Morales y su hermana. De inmediato los vio Olga.

"Abuela," le dijo.

"Los veo", respondió la abuela, entrecerrando los ojos sobre la señora Morales. Cuando Ana vio a la abuela, corrió hacia ella y la saludó con un abrazo.

"Abuela, ¿cómo están?" preguntó Ana. Abuela estaba contenta de ver a la vieja amiga de María, pero no contenta con la transformación.

"Niña, has cambiado", dijo la abuela con un tono de juez.

"Estoy modelando ahora", respondió Ana. "¡Estoy en camino de volverme rica y famosa!" Saludó a Olga con un beso en la mejilla. Olga no estaba impresionada. Siempre pensó que Ana era una niña engreída.

"No sabía que conocías a la familia Morales", cuestionó a la abuela.

"Oh, los conocí hoy", respondió Ana, señalando a Antonio hacia ellos. "Son buenas personas". La abuela le hizo un gesto a Ana para que se detuviera, pero antes de darse cuenta, estaba de pie frente a la señora Morales.

"Señora García", dijo la señora Morales con un movimiento de cabeza hacia Abuela. Ella respondió con un simple asentimiento y no dijo una palabra. Antonio extendió una mano a la abuela y a Olga saludándolas.

"¿Dónde está María?" preguntó.

"Ella y Magdalena fueron al baño", respondió Olga. "Tan pronto como regresen, nos pondremos en camino".

"Estaré feliz de llevarlos a todos a casa", ofreció Antonio. "Puedo acomodar a todas en mi auto".

"No", espetó la abuela, apenas dándole a Antonio la oportunidad de terminar su oración. Estamos bien caminando.

"¡Ahí está ella!" Dijo Ana, señalando a María y Magdalena que salían del teatro. Corrió y le dio a Magdalena un fuerte abrazo. "¡Mírate, Lena! ¡Estás creciendo tan rápido! María no pudo ocultar su nerviosismo. ¿Por qué siempre estaban los Morales? Saludó a todos y trató de no hacer contacto visual con Antonio hasta que él se dirigió a ella frente a todos.

"María, le estaba diciendo a tu abuela que tengo un auto y que podría llevarlos a todos a casa".

"Oh, Abuela, esa es una idea fantástica", gritó Magdalena.

"Señor. Morales", dijo la abuela en voz baja, "como dije antes, vamos a caminar. Pero gracias por el favor. Recogió la bolsa con los zapatos y dijo: "Buenas noches a todos. Vámonos chicas." Olga siguió a la abuela rápidamente por la calle. Magdalena se abrazó con María y dijo: "Mejor nos vamos". María negó con la cabeza y sonrió en acuerdo.

"Antonio", dijo la señora Morales, "qué grosero de tu parte no preguntarle a Ana si necesitaba que la llevaran a casa". Antonio miró a María como si esperara aprobación.

"Me encantaría que me llevaran a la casa de mi tío", respondió Ana. "Creo que mis primos ya me dejaron de todos modos.

"Bien", dijo la señora Morales. "Todo está arreglado entonces. Antonio, lleva a Ana a casa. Una chica tan hermosa como tú no debería estar en las calles caminando a casa. Magdalena volvió a tirar del brazo de María, confirmando que se habían quedado más tiempo del debido. Se dieron la vuelta y caminaron apresuradamente por la calle para alcanzar a Abuela y Olga.

"¿Estás bien, María?" Magdalena susurró mientras se acercaban a los demás.

"Estoy bien, Lena", respondió ella, todavía del brazo de su hermana.

Como de costumbre, Magdalena habló la mayor parte del camino a casa. A una cuadra de la casa, María notó que un auto familiar los seguía. No pudo evitar sonreír cuando se dio cuenta de que era Antonio. Guardando su descubrimiento para sí misma, continuó caminando hacia la casa.

"¡Finalmente, lo logramos!" Magdalena gritó cuando llegaron a la puerta principal. Cuando entraron a la casa, la abuela dijo buenas noches y fue directamente a su cuarto y cerró la puerta. Olga y Magdalena se fueron a su cuarto.

"¿No vienes?" Preguntó Olga. María rápidamente pensó en una mentira.

"En un rato estaré dentro. Voy a sentarme afuera por un tiempo tranquila. Olga la miró fijamente, sabiendo que era mentira, pero demasiado cansada para desafiar a su hermana a averiguar qué estaba tramando. Cuando María escuchó que la puerta del dormitorio se cerraba, rápidamente salió por la puerta trasera. Tal como esperaba, allí estaba Antonio, apoyado en su coche, esperándola.

"¿Cómo supiste que saldría?" preguntó María, un poco perturbada de que él la conociera tan bien.

"Me arriesgué", respondió Antonio, mostrando su hermosa sonrisa.

"¿Dónde está Ana?" preguntó María, cruzándose de brazos. "Pensé que seguramente todavía estarías con ella".

"¿Cómo puedo estar con ella si no puedo dejar de pensar en ti?" Confesó Antonio mientras caminaba hacia María hasta que estuvieron a centímetros de distancia. Sosteniendo su mirada, Antonio descruzó los brazos de María y la atrajo para abrazarla. María no sabía qué hacer. Le gustaba estar en sus brazos, pero sabía que no estaba bien. Cuando ella comenzó a alejarse, Antonio tiró de ella nuevamente, pero esta vez besó a María en la mejilla.

"Me gustas, María", dijo Antonio.

"Sé que lo haces", respondió María. "Tú también me gustas. ¡Pero no podemos gustarnos!"

Antonio la miró y susurró: "Vamos a dar un paseo rápido".

"Sabes que no puedo", replicó María. "Es tarde, y mis hermanas probablemente se estén preguntando dónde estoy".

"Solo quiero pasar un rato contigo, María. Vamos —suplicó Antonio. María no tenía ganas de discutir. Su carne estaba ganando, y ella no quería pelear más. Antonio abrió la puerta del auto para ver si María aceptaba la invitación. Con una leve sonrisa, María subió al auto.

Como era tarde en la noche, no había muchos autos en la carretera. Antonio llegó a la playa bastante rápido.

"Hay mucha brisa aquí que se siente muy bien estar junto al agua", dijo María nerviosa.

"¿Necesitas que te consiga una chaqueta?" preguntó Antonio, igual de nervioso. Tengo uno en el maletero.

"No, estoy bien", dijo María frotándose los brazos. "Esto es hermoso, pero es tarde y no quiero que la abuela se entere de que me he ido". Antonio se enderezó, como si lo invadiera una oleada de audacia.

"María, puede que nunca más tengamos esta oportunidad. ¿No podemos simplemente disfrutar este tiempo juntos? María sabía que tenía razón. Después de hoy, solo tendrían un poco más de un mes antes de ir a la escuela, y María planeaba pasar todo ese tiempo trabajando y preparándose para Altagracia.

Antonio encontró un lugar en la playa y abrió una manta en la que podían sentarse. María todavía estaba con su vestido de lunares y estaba nerviosa por ensuciarlo.

"Me alegro de que hayas traído la manta", suspiró María. Mientras los dos se sentaban y miraban las olas de la playa, Antonio comenzó a abrir su corazón a María.

"Pienso en ti todo el tiempo—" María abrió la boca para interrumpir, y Antonio la detuvo. "Déjame terminar. Es mi turno de hablar. Empezó a contarle las cosas que quería en la vida, ir a la universidad y convertirse en abogado, casarse y formar una familia. Habló de ser hijo único y de que quería tener varios hijos porque no quería que ninguno de ellos se sintiera solo como él cuando era niño. Habló de querer enseñar a sus hijos acerca de la responsabilidad.

Aunque amaba a sus padres y apreciaba todo lo que hacían por él, reconocía que rara vez tenía que trabajar para nada.

Mientras Antonio hablaba con transparencia, María se dio cuenta de lo profundos que eran sus sentimientos por él. También fue la primera vez que los pensamientos de Altagracia y el convento no cruzaron por su mente. María tomó la mano de Antonio para demostrar que tenía su atención. Cuanto más hablaba, más quería saber ella.

"¿Me esperaras?" preguntó Antonio.

"¿Esperarte?" María preguntó, confundida. "¿Qué quieres decir?"

"Conozco tu lugar en mi vida. Puede que solo tenga dieciocho años, pero sé que eres parte de mi futuro. He compartido todo esto contigo porque sé que serás mía para siempre". Antonio estudió el rostro de María en busca de una reacción. "Dios te trajo a mi vida por una razón".

Los ojos de María se abrieron como platos. Nadie le había hablado así antes. Sus novelas de la tarde eran lo más cerca que había estado nunca de un ejemplo de amor. Allí estaba ella, sentada en la playa en un ambiente romántico con un guapo universitario. Era casi como una escena de las propias novelas.

"Antonio, ¿cómo puedo esperarte si voy a ser monja?" Respondió María, recordando su compromiso por primera vez esa noche.

"¿Estás seguro de que ese es tu destino?" Antonio cuestionó. "¿Estás seguro de que eso es lo que Dios quiere de ti?"

"Si . . . sí . . . es algo que he querido desde chiquita", logró responder María.

"Ya no eres una niña, María. Tus sueños de niña no son los mismos que los sueños de una mujer". Antonio sabía exactamente las palabras correctas para llamar la atención de María.

Me ve como una mujer.

"¿Qué hay de Ana?" preguntó María en tono celoso. "Vi la forma en que la mirabas. ¿Estás seguro de que ella no es la mujer de tu futuro? Antonio miró a María, sorprendido por su pregunta después de todo lo que compartió con ella. Se inclinó lentamente y besó a María en los labios. Sobresaltada por sus acciones y la reacción de su cuerpo, María se llevó los dedos a los labios prohibidos.

Antonio bajó la mano de María de sus labios y volvió a besarla, pero esta vez con pasión. María no sabía qué hacer, pero esta vez no se apartó y le devolvió el beso.

Deteniéndose para recuperar el aliento, Antonio miró a María con sorpresa. "Te han besado antes", afirmando dijo.

"¡No!" María respondió rápidamente. "Nunca había besado a un chico. . . alguna vez." Sonrojándose, se miró las manos. "Eres mi primer beso."

"Es como si tus labios estuvieran hechos para los míos", dijo Antonio con intensidad en los ojos. Olvidando quién era y dónde estaba, María dejó que Antonio la besara de nuevo sin oponer resistencia. Lentamente la guio hacia abajo sobre la manta. Tocando su cuerpo, Antonio trajo miedo e intriga a la vez a María. Perdiendo el control de sí misma, disfrutaba ser deseada por Antonio y la forma en que su cuerpo respondía a él. Mientras su mano subía por su muslo, María exhaló su nombre. Antonio, espera.

"Por favor, María", rogó Antonio como lo haría cualquier otro chico de dieciocho años en esta situación.

El sonido de las olas rompiendo y el zumbido de la brisa tropical hicieron que María se sintiera como en un sueño. María miró profundamente a los ojos oscuros de Antonio. Había algo diferente, casi animal, que le decía que no tenía más remedio que entregarse por completo a él. Independientemente, su carne no quería que se detuviera.

Momentos después, la realidad de lo que acababa de suceder la golpeó. María se quedó sin palabras. ¿Qué he hecho?, pensó. No pasó mucho tiempo para que la voz de la vergüenza le susurrara al oído. Ya no eres pura. Aturdida, como si acabara de despertar de un sueño, María se levantó lentamente.

"¡Mi vestido!" María gritó. Manchas de sangre marcaron su vestido. Frenéticamente trató de frotar el lugar, con la esperanza de borrar la mancha y lo que acababan de hacer.

Antonio agarró sus manos, "Va a estar bien. Vamos." Él la condujo de vuelta al coche. Mientras conducían a casa, María seguía repitiendo lo que había sucedido en su cabeza. La vergüenza la cubría como un suéter de lana.

"María, te amo", dijo Antonio, rompiendo el silencio. "Espero que lo sepas." María volteó a mirarlo, aún sin poder encontrar las palabras para expresar lo que estaba sintiendo. ¿Qué significó todo esto para su futuro en el convento?

Cuando llegaron a la casa de los García, Antonio apagó las luces y el encendido para que el auto no despertara a nadie en el vecindario. "Me esperarás, ¿verdad?" preguntó Antonio. María lo miró con la misma mirada vacía y no respondió. Abrió la puerta y salió lentamente del auto, dejando atrás a Antonio sin despedirse.

María entró a escondidas a la casa y fue directamente al baño a trabajar en el vestido manchado. Lágrimas silenciosas rodaron por su rostro mientras frotaba el lugar que había sido su pecado. Nunca serás perdonada. Cuando esa voz volvió a hablarle, María se tapó la boca y lloró aún más. ¿Cómo podía hacerse monja ahora después de lo que hizo con Antonio?

Después de colgar el vestido para que se secara, María agarró las cuentas de su rosario y se sentó afuera en el porche a orar. Con cada cuenta, recitó una oración, una tras otra. Habían pasado horas y ella continuaba orando en cada cuenta. Al acercarse el amanecer, las lágrimas de María se detuvieron y se ideó un plan para su futuro. Asistiría a la Escuela Preparatoria Altagracia y completaría la escuela secundaria, pero no tomaría los votos en la ceremonia final. Entonces sería libre de irse con Antonio cuando él volviera por ella. "Te espero, Antonio", susurró María para sí misma.

El sonido de platos golpeando dentro de la casa sobresaltó a María. Olga. . . María bostezó y se estiró mientras se ponía de pie. Se dio cuenta de que no había dormido en toda la noche y de repente se sintió exhausta. Aunque pasó la noche pensando en su situación, sabía que su plan era la mejor solución. Todo saldrá bien. Lo sé.

Capítulo 7

Pasaron varias semanas y el verano pronto estaba llegando a su fin. Faltaba solo una semana para que Olga se mudara a la ciudad para asistir a la escuela de enfermería. A medida que se acercaba septiembre, Olga se entusiasmaba más con la vida. Finalmente iba tras su sueño de convertirse en enfermera. Olga hizo un pedido a Sol y Luna de unos uniformes de enfermera para que se vieran diferentes a los que se regalaban en la escuela. Estaba entusiasmada con su nueva vida y quería lucir elegante cuando hiciera nuevos amigos y, con suerte, encontrara un marido.

Olga fue a Sol y Luna para la prueba final de sus uniformes. Hizo varias visitas a la tienda a lo largo de las semanas, principalmente porque disfrutaba de sus conversaciones con la señora Medina.

"Imagínese si un médico se interesa por ti", dijo la señora Medina. "¿Qué tan sorprendente podría ser?"

La sola idea de casarse con un médico le dio a Olga mariposas. "Sería un sueño hecho realidad", dijo Olga mientras la señora Medina colocaba los últimos broches en el dobladillo del uniforme. "No puedo esperar para llegar a la ciudad y comenzar mi nueva vida. Por supuesto, extrañaré a la abuela y a mis hermanas, pero mi corazón siempre ha estado con la enfermería. He esperado mucho tiempo por esto".

La señora Medina le sonrió. "Te lo mereces, Olga. Has pasado los últimos años ayudando a tu abuela con las niñas y te has descuidado. Este es el momento de cuidar a Olga. Disfrútalo, mami".

Con lágrimas en los ojos, Olga abrazó fuerte a la señora Medina. Aunque sólo tenía diez años más que ella, la señora Medina siempre le hablaba con cariño, como lo haría una madre. Olga la extrañaría más.

Olga fue al vestuario a cambiarse el uniforme. "Puedo tener los uniformes listos para que los recoja para el viernes", gritó la señora Medina desde el otro lado de la cortina.

Olga salió del probador con una gran sonrisa en su rostro. "¡Perfecto, no puedo esperar!"

"Nunca te había visto tan feliz, Olga", se rió entre dientes la señora Medina. "Asegúrate de no dejar que nadie te robe la alegría".

"No lo haré, señora. Tengo la intención de aferrarme a este sentimiento durante mucho tiempo", guiñó Olga.

Mientras Olga recogía sus pertenencias para salir de la tienda, la señora Medina cambió de tema de conversación. "¿Cómo está María? Han pasado dos días; ¿Todavía está enferma?

Olga puso los ojos en blanco y respondió. "Tú conoces a María. Si estornuda, cree que tiene que ir al hospital. Ella está bien. Creo que comió algo del puesto de comida de Chacho y lo está pagando. Abuela le dijo muchas veces que no comiera de ahí, pero ya sabes lo terca que puede ser María".

Ambos comenzaron a reír. María era probablemente la persona más testaruda que habían conocido, pero sabían que tenía buen corazón para la gente.

"Bueno, dile que la extrañamos. Si ella no puede venir a trabajar mañana, lo entiendo", dijo la señora Medina, acompañando a Olga a la puerta.

"Se lo haré saber", prometió Olga. "¡Te veo el viernes!" Olga emprendió el camino de regreso a casa con una sonrisa de oreja a oreja. La oportunidad que se le dio había sido una bendición. Todo estaba cayendo en su lugar, y el momento era el correcto. Si hubiera ido a la escuela de enfermería inmediatamente después de la escuela secundaria, Abuela no habría podido manejar sola a María y Magdalena. Ahora con María yendo a Altagracia y Magdalena preparándose para la secundaria, la abuela no la necesitaba. "Gracias, Dios", susurró Olga para sí misma.

Olga llegó a casa rápidamente para ayudar a la abuela a hornear. Para ganar dinero para la casa, Abuela hizo tortas de cumpleaños y bodas. Este fin de semana, la abuela tenía un pedido de dos pasteles de boda y necesitaba la ayuda de Olga para decorar. Abuela trabajó en una panadería durante años hasta que murió su hija. Se retiró de la panadería para quedarse en casa y criar a las niñas. En lugar de vender la casa de su hija al gobierno, la abuela decidió rentarla para tener un ingreso mensual para cuidar a sus nietas. Planeaba regalarle la casa a la primera en casarse, que debería ser Olga ya que era la mayor. Sin embargo, la abuela tuvo que aguantar la casa un poco más ya que su nieta mayor aún no había encontrado un pretendiente. La ciudad será buena para ella de muchas maneras.

Olga estaba colocando los diseños florales de rosas en la capa superior del pastel con precisión. Cada vez que ayudaba a la abuela con los pasteles de boda, le daba la esperanza de que algún día tendría su propio pastel. Desde pequeña Olga planeó el vestido, los colores del tema, las flores y el pastel para ese día especial. Todo lo que necesitaba era que le hicieran esa fatídica pregunta.

"La señora Medina volvió a preguntar por María", dijo Olga mientras terminaba la última flor. "Quería saber si María iba a estar mañana en la tienda".

"No estoy segura", respondió la abuela con las manos en las caderas, tomando un descanso de la cocción. "Llamé al Dr. Negrón para que pasara a verla. Es posible que tenga una intoxicación alimentaria leve, pero quiero asegurarme de que no sea peor, como la gripe".

Olga negó con la cabeza. No podía creer que la abuela fuera tan lejos como para llamar al médico. María siempre estaba haciendo las cosas más grandes de lo que eran. Su realidad siempre estuvo un poco en el lado dramático. Altagracia arreglaría eso en poco tiempo.

En ese momento, María entró a la cocina en busca de comida. "Bueno, hola, Princesa. Muy amable de tu parte unirte a nosotros", bromeó Olga.

"Que chistosa, Olga", dijo María, rodando los ojos.

"¿Cómo te sientes, nena?" la abuela preguntó, palpando la frente de María.

"Estoy mejor. Solo tengo hambre", dijo María, frotándose el estómago.

"Has estado trabajando muchas horas las últimas semanas y comiendo en Chachos. No te pasa nada más que cansancio y pinchos malos", se rió Olga. Abuela miró a Olga indicándole que sería prudente dejar de molestar a su hermana.

"Hice un poco de sopa", dijo la abuela, señalando hacia la estufa. "Come un poco antes de que llegue el médico". María tomó un tazón listo para saborear la infame sopa de pollo de la abuela. El abundante plato le recordó a su madre ya que era su favorito. Repleto de zanahorias, yuca, plátanos y pollo, la sopa de la abuela fue lo último en comida reconfortante. Sin embargo, María se sirvió un plato de solo caldo.

"¿Por qué no estás comiendo ninguna de las verduras?", Preguntó la abuela, un poco ofendida.

"Quiero empezar despacio. Comeré más después", respondió María. Mientras María bebía lentamente su sopa, las señoras terminaron el segundo pastel y lo empaquetaron en las cajas. La abuela miró su reloj. Terminó los pasteles treinta minutos antes de la hora de recogida programada.

"Gracias a Dios", dijo la abuela emocionada, mientras hacía la señal de la cruz y le besaba el pulgar. Ella siempre daba gracias a Dios cuando completaba un pedido de pasteles. Un fuerte golpe en la puerta principal sobresaltó a todos.

"Parece que llegaron temprano", dijo Olga mientras caminaba hacia la puerta principal. "Terminamos justo a tiempo". La abuela se lavó las manos y se quitó el delantal para estar rápidamente presentable para sus clientes.

Olga regresó a la cocina con una sonrisa en su rostro. "Es el Dr. Negrón. Está esperando en la sala de estar".

La abuela casi olvida que lo llamó. María comenzó a levantarse de la mesa cuando la abuela notó que no terminó su sopa. "María, apenas comiste nada".

"Lo siento, Abuela. Mi estómago no estaba listo para la comida".

La abuela levantó una ceja, escéptica ante la respuesta de María. Estaba feliz de que el médico estuviera allí para llegar al fondo de esto.

"Dr. Negrón", dijo la abuela mientras entraba en la habitación. "Muchas gracias por venir en sábado. No quería que María esperara hasta el lunes para ir a su oficina, y la clínica está muy llena los fines de semana».

"En primer lugar", respondió el médico mientras abrazaba a la abuela, "¿Qué pasa con las formalidades? Llámame, Tito, tú eres como familia para mí. Ademas, puedes llamarme en cualquier momento". El Dr. Negrón tenía una sonrisa entrañable en su rostro cuando miraba a la abuela. "Chicas, ¿sabían que su abuela solía ser mi tutora cuando estaba en la escuela primaria?"

"Lo sabemos", dijo Olga con los brazos cruzados. "Nos cuentas esa historia cada vez que te vemos". Todos se echaron a reír porque era cierto.

"Pues entonces, vamos a ver a nuestro pequeño paciente aquí", dijo el Dr. Negrón, indicándole a María que se acostara en el sofá. Olga fue a su habitación, sin interés en el examen sin sentido. El Dr. Negrón comenzó con el control habitual de presión arterial, ojos, oídos y garganta. Palpó el abdomen de María y escuchó los latidos de su corazón, todo el tiempo sin decir una palabra. Sólo tarareó una tontería que empezó a molestar a María.

—Señora García —hizo una pausa en el examen—, ¿quiere por casualidad un poco de su deliciosa limonada? La abuela se sonrojó al instante.

"Oh, Tito. ¿Recuerdas mi limonada?"

"Por supuesto que sí", exclamó el médico.

"Déjame ir a recoger algunas limas del árbol en la parte de atrás y hacer algunas para ti", dijo la abuela con una sacudida de emoción. El Dr. Negrón observó cómo la abuela salía de la habitación y escuchó hasta que cerró la puerta trasera.

"María, ¿cuándo fue tu última regla?" preguntó rápidamente.

"No lo sé", respondió María, perpleja ante la pregunta. "No le prestó atención a eso".

"María, te voy a hacer una pregunta y necesito que seas honesta conmigo", dijo el Dr. Negrón en voz baja.

"Por supuesto", dijo María, repentinamente consciente de hacia dónde se dirigía el médico.

"¿Has tenido relaciones sexuales?" Los ojos de María instantáneamente se llenaron de lágrimas mientras asentía con la cabeza. El médico rápidamente metió la mano en su bolso y sacó una copa de prueba de orina. "María, creo que sé por qué te has sentido mal, y lo siento, pero tengo que decírselo a tu abuela".

Los ojos de María se abrieron con horror. —No, por favor —suplicó María.

"María, eres una niña. Es mi responsabilidad decírselo", dijo el Dr. Negrón con voz tierna. La idea de tener que darle la noticia a la abuela le dolía. "Necesito que vayas al baño y orines en esta taza para poder llevarla al laboratorio para confirmarlo".

María comenzó a temblar incontrolablemente y apenas podía sostener la taza. —Por favor, doctor Negrón. Usted no entiende —suplicó María.

"Sí, María", respondió el médico en un susurro. "Entiendo."

María se levantó lentamente, de repente demasiado débil para caminar. Sus piernas se sentían como fideos mientras se dirigía al baño. Sabía que en el momento en que la abuela se enterara, su vida había terminado. El miedo a la ira de la abuela era mayor que el miedo de saber que solo tenía quince años, soltera y embarazada.

El Dr. Negrón se paseaba por la sala de estar mientras los sonidos de la abuela preparando la limonada en la cocina llenaban el aire.

"Aquí estamos", dijo la abuela, sosteniendo un vaso alto de limonada justo cuando María salía del baño con la taza de orina. "¿Que está pasando?"

El Dr. Negrón agarró el vaso y dijo: "Extrañé mucho esto", con una risa nerviosa. Se bebió todo el vaso lleno de limonada. "Mejor de lo que recordaba", dijo, todavía riéndose.

"Tito, ¿por qué estás tomando la orina de María?" Abuela preguntó con las cejas levantadas como antes.

Los ojos de María estaban inyectados de sangre por todo el llanto y evitaba el contacto visual con la abuela. El Dr. Negrón se aclaró la garganta y le indicó a la abuela que se sentara en la silla.

"Señora García, he examinado a María, y en base a mis hallazgos y su respuesta a mis preguntas, mi conclusión es que..." El Dr. Negrón hizo una pausa, buscando las palabras correctas.

"¿Qué pasa, Tito? ¿Qué le pasa a mi nieta?" espetó Abuela.

"Señora", el Dr. Negrón se enderezó y ahora habló en un tono profesional. "María está embarazada".

Abuela se levantó de inmediato. "Eso es imposible. María es virgen. Va a ser monja".

"Señora García, voy a hacer una prueba para confirmarlo, pero estoy 99 por ciento seguro de que tengo razón".

La abuela se volvió para mirar a María parada allí, temblando. "María, ¿te has acostado con un chico?" Abuela preguntó en voz baja. María apenas pudo pronunciar la palabra antes de que la abuela gritara: "¡Contéstame!"

"Olga salió corriendo del dormitorio. "¿Qué está pasando aquí?"

"María", Abuela comenzó de nuevo. "Responde a mi pregunta. ¿Te has acostado con un chico?" María levantó la cabeza y miró a su abuela a los ojos y dijo que sí. Al instante, Abuela levantó la mano y abofeteó a María en la cara, algo que nunca había hecho.

"Señora García", dijo el Dr. Negrón mientras la sostenía del brazo. "Por favor siéntate." No sabía qué decir o cómo calmarla.

"Olga, prepárame un poco de té caliente", dijo la abuela. Todavía en estado de shock por lo que acaba de escuchar, Olga corrió a la cocina y sacó dos tazas para el té. Ella también necesitaría un poco.

"Voy a llevar esto al laboratorio ahora y te enviaré los resultados el lunes", dijo el médico nervioso.

"No tienes que hacerlo, Tito", dijo la abuela con la cabeza entre las manos. "Tenía un presentimiento sobre el estado de María, pero no creía que fuera posible. Todos los indicios apuntaban a esta verdad. Incluso perdió su ciclo, pero no quería creerlo. Puedes hacerte la prueba si quieres. Y si queremos, pero ya conocemos los resultados".

"Lo siento, señora", dijo el Dr. Negrón mientras tomaba su maletín médico.

Antes de salir por la puerta, Abuela respondió: "Gracias, Tito. Por todo".

Olga le llevó la taza de té caliente a su abuela. "Abuela, tus clientes están en la puerta de atrás". Abuela tomó un sorbo rápido de té y fue a atender su negocio.

María se sentó en el sofá, aun sosteniendo su mejilla donde le quedaba el escozor de la bofetada.

Olga la miró con desprecio. "¿Qué te pasó, María? Que un chico te mire dos veces no significa que te olvides de quién eres y traigas la deshonra a esta familia. ¿Olvidaste que ibas al convento mientras andabas con ese ¿chico?" Olga se abalanzaba sobre su hermana con dureza y detrás de cada palabra, y había un indicio de celos. Ningún niño había mirado dos veces a Olga, y aquí estaba su hermana pequeña, el objeto del deseo de uno.

Abuela terminó su negocio con los clientes y regresó a la sala de estar. En ese momento, Magdalena regresó de su clase de arte en el centro comunitario. "¡Hola familia! Mira lo que hice", dijo Magdalena, ajena a la tensión en la habitación. La mirada de la abuela estaba en María, y no notó a nadie más en la habitación.

"María, no puedo expresar con palabras lo avergonzada que estoy de ti. No esperaba esto de ti", dijo la abuela en un tono dolido.

"¿Que está pasando?" preguntó Magdalena, con el corazón latiendo rápido por la anticipación.

"Mañana comenzarás un ayuno de cinco días. Sin comida ni interacción humana. Te quedarás en la habitación y lejos de mí mientras piensas en lo que has hecho y rezas a Dios para que te perdone por lo que has hecho" a esta familia. Ya no eres la nieta que amaba. No sé quién eres". La abuela miró a María por última vez y fue directamente a su dormitorio y cerró la puerta.

"Por favor, que alguien me diga qué está pasando", suplicó Magdalena.

"Quieres saber qué está pasando", espetó Olga. "Tu hermana ya no es virgen y va a tener un bebé. Nuestra pequeña santa ha estado con un niño y ha deshonrado a la familia. Su vida nunca volverá a ser la misma".

María lloró en silencio en el sofá, pensando lo mismo. *Mi vida nunca será la misma.*

Capítulo 8

Habían pasado tres días y Magdalena estaba indefensa. Varias veces a lo largo del día, abría la puerta esperando ver alguna señal de esperanza. Cada vez que ella estaba decepcionada. Magdalena no se atrevió a mencionárselo a la abuela, sabiendo que era un tema delicado. En el fondo, ella sabía que estaba mal. Todos los involucrados estaban equivocados, pero Magdalena evitaba los conflictos y por lo general se guardaba sus opiniones.

"¿Qué estás haciendo?" Olga susurró en un tono severo.

"Nada. Yo . . . Yo . . . ." Magdalena no podía ordenar sus pensamientos.

"Si la abuela te encuentra tratando de entrar allí, te arrepentirás", dijo Olga, interrumpiendo a Magdalena. Miró a su hermana con severidad y luego siguió hacia la cocina para ayudar a Abuela a terminar la cena.

La abuela estaba tranquila estos días, lo cual no era propio de ella en absoluto. Su rostro, sin embargo, hablaba más que mil palabras. El dolor, la ira y la decepción estaban escritos en el rostro de la abuela. Nunca hubiera imaginado que su nieta deshonraría a su familia y a su fe de esa manera. La abuela estaba desconsolada.

Olga colocó el último plato en la mesa y llamó a Magdalena para comer. Mientras tomaban asiento, Magdalena notó lo que la abuela cocinó para la cena.

"¿Pastelón?" dijo ella, sorprendida. "Pero ese es el favorito de María".

"¿Y qué?" Gritó Abuela, con la nariz ensanchada.

"Abuela, solo digo eso, a ella le encanta el pastelón y no se lo va a poder comer", explicó Magdalena con la cabeza baja, evitando el contacto visual.

"No es mi culpa que ella no pueda comer", dijo la abuela, sin dejar de gritar. "Hay consecuencias para cada una de las acciones, y las de María apenas comienzan. En dos días más, María podrá comer".

Las lágrimas comenzaron a brotar de los ojos de Magdalena. Cuando el Dr. Negrón le dijo a la abuela que María estaba embarazada, la abuela puso a María en aislamiento. Vació el cuartito que servía de depósito y le dijo a María que tenía que quedarse ahí cinco días. María no debía comer ni interactuar con nadie. Ella debía orar y pedirle a Dios perdón y misericordia. Magdalena recordó la mirada en el rostro de María cuando la abuela la envió a la habitación. Ella no dijo una palabra ni derramó una lágrima. La abuela quitó el pomo de la puerta por dentro para que María no pudiera salir sola.

"María necesita estar a solas con Dios y despojarse de todo lo que interfiera con sus súplicas de perdón", dijo la abuela cuando habló con sus nietas. "Nada de hablar con ella. Ni de llevarle comida. María se quedará en la habitación cinco días y luego nos reuniremos con la familia del niño".

"¡Magdalena, come tu comida!" espetó Olga, despertando a su hermana de los flashbacks.

Comieron en silencio, cada uno con un dejo de culpa, pero el miedo y el orgullo les impedían expresarlo. Terminada la cena, Olga se fue a su habitación a seguir empacando. Olga comenzaba su nueva vida en la ciudad y no podía estar más feliz. Aunque María estaba en una situación difícil y la abuela estaba muy ocupada, Olga estaba ansiosa por comenzar la escuela de enfermería. Compró su boleto de autobús esa mañana y estaba programado para partir el sábado después del almuerzo. Lo único que le quedaba por hacer era peinarse y recoger sus uniformes en Sol y Luna.

Magdalena entró al dormitorio, lloriqueando con los ojos llorosos. Olga la observó mientras caminaba hacia su cama y se sentaba en el borde, luciendo derrotada. "¿Qué sucede contigo?" Olga preguntó insensiblemente.

"¿Tienes que preguntar?" Respondió Magdalena, secándose las mejillas mojadas.

"Claro", respondió Olga. "No dejes que los problemas de otras personas se conviertan en tu problema".

"¿Otra gente?" exclamó Magdalena. "Ella no es otra gente, Olga. ¡Es nuestra hermana!

Olga bajó la cabeza avergonzada. No pretendía sonar insensible. Simplemente no quería que Magdalena cayera en una depresión por las malas decisiones de María.

"Lo siento, Lena", dijo Olga en voz baja. "Nuestra hermana cometió un gran error que cambiará su vida para siempre. Ella necesita este tiempo para orar".

"Bueno, creo que necesito hacer lo mismo", dijo Magdalena mientras se arrodillaba junto a su cama.

Olga miró a su hermana con tristeza. La extrañaría, pero esta situación le había demostrado que Magdalena estaría bien. Ser testigo de lo que estaba pasando María fue suficiente para mantenerla en el buen camino. Dios convierte cada mala situación en buena. Sus hermanas estarían bien.

María se echó agua en la cara y se miró en el espejo. Hoy era el día; finalmente vería a Antonio y su familia. No había visto a Antonio desde aquella noche en la playa. Él nunca vino a buscarla, incluso después de la noticia del embarazo. Seguramente su madre tenía la culpa. Antonio expresó su amor por María tantas veces antes de aquella fatídica noche; su madre debió haber intervenido para evitar que él la viera.

Aunque María quería creer que todo saldría bien en la reunión, algo en la boca del estómago le decía que no. Se quedó mirando su reflejo en silencio, esperando escuchar esa vocecita apacible que extrañaba. Sabía que Dios estaba enojado con ella y decidió pasar los siguientes dos años haciendo penitencia en la iglesia para ganar Su perdón. Si tan solo lo hubiera escuchado antes, no estaría en esta situación.

De repente, María escuchó una conmoción en la otra habitación. Inmediatamente sintió un nudo en la garganta. Era como si un manto de miedo la cubriera, y estaba paralizada. Un golpe en la puerta de Magdalena confirmó las sospechas de María.

"María", susurró Magdalena. "Antonio y sus padres están aquí". Las lágrimas comenzaron a llenar los ojos de María. Ella no quería salir del baño. María, ¿estás ahí? Magdalena insistió.

"Ya voy", respondió María. Al mirarse por última vez en el espejo, María le pidió a la Madre María que intercediera por ella recitando rápidamente una oración. Cuando María abrió la puerta, encontró a Magdalena sentada en el suelo esperándola.

"Ay María", exclamó, levantándose del suelo de un salto. "¿Estás lista?"

María simplemente asintió. No tenía más remedio que estar lista.

Magdalena agarró a María del brazo y caminó lentamente hacia la sala de estar donde estaban todos. Era como si María entrara a una sala de audiencias para recibir su sentencia por su crimen.

Cuando llegaron a la habitación, María respiró hondo y dijo: "Hola a todos". Sus ojos se posaron en Antonio de inmediato, pero él no la miró. Su cabeza colgaba baja como alguien humillado y culpable. Oh, Antonio, no estoy enojada contigo. . . Mírame.

—Siéntate, María —le dijo la abuela en un tono un poco acelerado. La reunión aún no había comenzado oficialmente, y ella ya estaba molesta con la familia. Fue en ese momento que María notó a Olga en la habitación con la Madre Consuela del convento. También estaba el padre de Antonio y, por supuesto, su madre.

" —Magdalena, ve a tu habitación —le espetó Abuela. Sorprendida, Magdalena se dirigió en silencio hacia la habitación, aunque no cerró la puerta para poder escuchar la conversación en la sala de estar.

"Como decía antes", la señora Morales comenzó a hablar de inmediato. "Solo vinimos aquí como una cortesía hacia usted, pero no tenemos nada que ver con su situación".

María sintió una sacudida en su cuerpo como si su corazón se hubiera detenido.

"¿Cómo puedes decir que no tienes nada que ver con esto?" La abuela respondió rápidamente. "Su hijo dejó embarazada a mi nieta".

—Eso dices tú —dijo sarcásticamente la señora Morales. "No hay pruebas de que mi hijo sea el padre".

Los ojos de María se abrieron como platos, sorprendida por la insinuación.

"Mi nieta era virgen antes de conocer a ese niño", gritó la abuela.

María vio cómo su abuela defendía con pasión su carácter, hablando de la persona que ya no era. Pura.

Mientras los dos iban y venían discutiendo sobre cómo sucedió esto, María observó cómo Antonio no levantó la cabeza ni una sola vez para mirarla, y mucho menos para hablar en su nombre. Mantuvo la cabeza baja y jugueteó con las manos, muy parecido a su padre, que nunca pronunció una palabra. Estaba claro para ella que Antonio se parecía a él.

"En pocas palabras", continuó la señora Morales mientras se ponía de pie, "Antonio tiene un gran futuro por delante, y no dejaré que una chica común de clase baja se lo quite".

"Nosotros no somos de clase baja, y no hay nada común en mi María", replicó la abuela, dándole a la señora Morales una mirada escalofriante. "Pero estás mostrando la poca clase que tienes al no hacer que el chico acepte su responsabilidad. Deberían casarse, de inmediato".

Una risa llenó la casa que sonaba como la de un loco. La señora Morales expresó dramáticamente lo absurda que le parecía la idea de que los adolescentes se casaran.

"Antonio irá a la universidad", dijo la señora Morales entre risas. "Va a ser abogado".

María sonrió. Recordó cuando Antonio le dijo que su madre quería que él fuera abogado. No estaba tan seguro de querer lo mismo, pero sus notas ciertamente eran lo suficientemente buenas como para otorgarle varias becas. Sería un gran abogado, pensó María. Él también sería un gran padre.

De repente, la abuela se puso de pie con una mirada de asombro en su rostro. María volvió a soñar despierta y se perdió lo que se decía.

"Sí, así es", continuó la señora Morales, con una mirada de suficiencia en su rostro. "Antonio irá a la universidad en Estados Unidos. Nunca volverá a ver a María".

El color del rostro de María desapareció y se sintió desfallecer. Esto no puede estar pasando. Miró a Antonio, esperando que él hiciera contacto, pero sus ojos permanecieron fijos en el suelo.

"No tenemos nada más que discutir aquí", dijo la señora Morales mientras tomaba su bolso y se dirigía hacia la puerta con su esposo detrás de ella.

"Antonio", dijo María en voz baja. "¿Por qué tu madre miente acerca de que te vas del país?" Antonio se quedó quieto y no respondió. —Antonio —dijo María más fuerte. "Dime que no es verdad".

Olga se sentó con la mano sobre la boca, entristecida por el dolor de su hermana. Todavía no hay noticias de Antonio.

"Vámonos, Antonio", espetó la señora Morales, esperando a su hijo en la puerta.

Antonio se puso de pie, con los ojos enrojecidos por las lágrimas, y le susurró a María: "Discúlpame".

"¿Lo siento? ¿Es todo lo que tienes que decir?" gritó María, apenas capaz de recuperar el aliento. "Eso es todo lo que siempre dices: 'Discúlpame'. ¿Algo de lo que me dijiste fue verdad, Antonio?

Antonio tomó la mano de María cuando la señora Morales gritó desde la puerta: "¡Ahora, Antonio!"

Inmediatamente la expresión de dolor de María se convirtió en ira. "Ojalá nunca te hubiera conocido", dijo con los dientes apretados.

El escozor de las palabras de María hirió a Antonio hasta la médula. Cuando se dio la vuelta para alejarse, vio a Magdalena que escuchaba a escondidas en el pasillo con lágrimas corriendo por su rostro. María no fue la única a la que hirió.

Hubo un silencio que cayó sobre la habitación después de que se fueron. Por primera vez, Abuela se quedó sin palabras. María permaneció unos minutos en el mismo lugar mirando fijamente la puerta, repasando en su mente todo lo que había sucedido. En cuestión de minutos, la destruyó.

"Señora García", dijo la Madre Consuelo mientras se aclaraba la garganta para romper el silencio. "Abuela", comenzó. "Dadas las circunstancias, a María no se le permitirá asistir a Altagracia. Lo siento".

"Entiendo", respondió la abuela. "Después de que nazca el bebé, ella puede asistir el próximo año y continuar con el convento, ¿verdad?"

"Lo siento", dijo la Madre Consuelo, sacudiendo la cabeza. "María ya no es pura. No puede asistir a la escuela ni servir en el convento".

"Pero Madre Consuelo", comenzó la abuela, pero fue detenida abruptamente.

"Está fuera de mis manos. Es la ley".

María siguió mirando a la puerta mientras los adultos hablaban de su futuro como si ella ni siquiera estuviera en la habitación. Su vida ya no era suya. Un momento de debilidad lo cambió todo y ninguno de sus planes funcionó. La abuela y la madre Consuelo intercambiaron algunas palabras más antes de que María notara el silencio. Miró alrededor de la habitación y preguntó: "¿Madre Consuelo?"

"Se fue", respondió Olga, sintiendo pena por su hermana pequeña.

La abuela se sentó en su silla sosteniendo su rosario con fuerza. Era difícil determinar si estaba orando o pensando profundamente. Su rostro tenía una mirada intensa, pero no dijo una palabra.

Magdalena encontró en el silencio una oportunidad para salir de su escondite. Caminó hasta María y la abrazó fuerte. Esa fue la primera vez desde el anuncio del embarazo que alguien consoló a María. Ser tratada como una leprosa hasta ahora hizo que el gesto de Magdalena fuera más especial. María sintió el amor de su hermana por ella, y el dique se rompió. María lloró y dejó escapar todas las lágrimas que tanto luchó por contener. Olga se puso de pie y se unió al abrazo. Las tres hermanas se abrazaron y consolaron mientras la abuela observaba con un corazón ablandado.

El abrazo sincero fue interrumpido por el sonido de la bocina de un auto afuera. Después del tercer bocinazo, Olga se dio cuenta de que era para ella.

"¡Oh, no! Olvidé que alquilé un auto para que me llevara a la estación de autobuses". Olga corrió a recoger su maleta y su bolso.

"Olga, espera", dijo la abuela, levantándose de la silla.

"Sí, Abuela", dijo Olga mientras se arreglaba el sombrero en la cabeza, lista para viajar a la ciudad. La abuela rápidamente salió corriendo para hablar con el conductor. Miró a sus hermanas pequeñas con una sonrisa. "Mientras la abuela revisa al conductor, ven a despedirte". Los abrazó por última vez y dijo: "Escuchen a la abuela. Sean buenas y sigan orando.

Nunca se detengan. Las cosas mejorarán". Olga recogió sus maletas y se dirigió hacia la puerta justo cuando la abuela regresaba.

"¿Se fue?" preguntó Olga con un guiño y una risita. La abuela deslizó sus manos en los bolsillos de su vestido de casa y dejó escapar un profundo suspiro.

"Yo lo envié lejos".

"¿Qué?" Olga preguntó con los ojos muy abiertos. "¿Por qué hiciste eso? Tengo que llegar a la estación. Mi autobús sale en una hora".

"No necesitarás el autobús", dijo la abuela vacilante. "Ya no irás a la ciudad". La abuela se detuvo lo suficiente para ver cómo se acumulaba el horror en el rostro de Olga. "Te necesito aquí conmigo para cuidar de tus hermanas y del bebé que viene".

"¡Abuela!" Olga gritó, sin antes alzar la voz a su abuela.

"Lo siento, Olga. No irás a la escuela de enfermería. Mi decisión es final".

"No puedes hacer esto", siguió gritando Olga mientras la abuela se iba a su habitación y cerraba la puerta. "¡No puedes castigarme por su error!" Apenas podía pronunciar las palabras mientras lloraba violentamente.

"Hermana, lo siento", dijo María en voz baja, atónita por la decisión de última hora de la abuela. Los sueños de Olga estaban llegando a su fin, y todo por su culpa.

"Cállate", replicó Olga. "No me hables, niña egoísta. Nunca te perdonaré por esto". Olga entró corriendo a la habitación y cerró la puerta. Devastada por el giro de los acontecimientos, Magdalena corrió tras Olga para consolarla, dejando sola a María.

"¿Qué hice?" María susurró para sí misma. "¿Qué he hecho?"

SEGUNDA PARTE
Cinco años despues

Capítulo 9

María se paró frente al espejo de cuerpo entero, mirándose cómo le quedaba el traje que se hizo. Con los años, su costura había mejorado y estaba haciendo más ropa de mujer. Satisfecha con el ataque, María se puso el sombrero y agarró su equipaje. Su nueva aventura estaba a punto de comenzar.

Después de la reunión con la familia Morales sobre el embarazo hace años, La abuela estableció algunas reglas. Olga se vio obligada a quedarse en casa en lugar de ir a la ciudad para asistir a la escuela de enfermería. La abuela necesitaba de su ayuda con las niñas y el bebé que venía. La abuela confinó a María en el cuarto de almacenamiento durante el tiempo que duró su embarazo. Se hicieron arreglos con la escuela pública para que ella hiciera tareas en casa con un tutor privado. Fue un desafío, pero María pudo mantenerse al día con sus estudios.

María mantuvo su trabajo en Sol y Luna, pero trabajaría desde su casa. La señora Medina traía sus proyectos especiales para completar y María los trabajaba en la sala. Entre proyectos, María cosía ropa de bebé para niña y niño. Cuando nació el bebé, había muchos conjuntos.

El objetivo de la abuela era que nadie viera a María embarazada. María nunca salió de casa durante el embarazo. El padre Juan vino temprano a la casa para realizar el sacramento de la confesión con María. Después de eso, las monjas visitaban periódicamente para orar con María. Sor Rebeca, la favorita de María, fue la primera en visitar.

"Extraño ver tu cara en la iglesia. ¿Cómo estás?"

"Ya no me siento enferma", respondió María, con la cabeza gacha, avergonzada de mirar a la monja a los ojos.

"Es bueno escuchar eso", dijo la hermana Rebeca. Pero quiero saber de tu corazón. ¿Cómo estás, María?

María levantó la cabeza para mirar a sor Rebeca. Mientras las lágrimas brotaban de sus ojos, respondió: "He estado en esta habitación durante cuatro meses. Nadie me ha hecho nunca esa pregunta. Es como si ya no existiera. Solo mi pecado existe". La voz de María estaba temblorosa mientras luchaba por contener las lágrimas. "Las consecuencias de mis acciones han afectado a tanta gente. Olga no me habla. Abuela me trata como si fuera una extraña. Lena llora cada vez que está cerca de mí. Nunca me había sentido tan sola en una casa llena de gente".

Sor Rebeca tomó las manos de María entre las suyas y miró a María a los ojos con cariño. "No estás sola. El Señor tu Dios está contigo. Sé fuerte y valiente, querida".

"Creo que Dios ya no me ama. Me siento lejos de Él", confesó María.

"¿Has hecho la novena?" preguntó la hermana Rebeca. María negó con la cabeza. "Tuve la sensación de que no lo hiciste, y traje un folleto para ti. Di estas oraciones todos los días durante nueve días seguidos, y Dios te dará gracia".

María aceptó el regalo de la esperanza en el librito. Ella comenzó a recitar las oraciones esa noche y durante las siguientes nueve noches consecutivas. Al décimo día, María amaneció con la misma pesadez que sintió las semanas anteriores. Se sentía desesperanzada.

La única otra persona que vino a visitar a María fue Ramón. La primera vez que vino fue para traer tela y una orden de trabajo, María estaba embarazada de seis meses. Ramón miró a María como si estuviera mirando a su propia hija.

"Sé que te he decepcionado", dijo María. "Me he decepcionado a mí misma".

"Mi hija, solo quería lo mejor para ti. Y lo sigo queriendo", Ramón abrazó a María con lágrimas en los ojos, pero María apenas le devolvió el abrazo y no mostró ninguna emoción.

"Recuerdo cuando hablábamos en la tienda de tus sueños y...." María interrumpió a Ramón y replicó.

"Ya no soy esa chica".

"María, Dios te perdonó por tu pecado. Tú tienes que hacer lo mismo", dijo Ramón mientras tocaba la mejilla de María. "La paz sea contigo, mi hija".

Cuando María llegó a término, su corazón se había endurecido por completo. Estaba distante de su familia y del mundo exterior. Lo único que le hacía compañía eran sus pensamientos. **Eres una vergüenza. Serás una mala madre. Dios te ha olvidado.** Cada día entretenía estos pensamientos, cuanto más creía que eran verdad, más amargura echaba raíces en su corazón.

La noche en que María entro al parto, la abuela llamó a la partera y a su asistente para que la ayudarán a dar a luz. Las dos señoras estaban en el pasillo conversando, sin darse cuenta de que María podía escuchar todo en el dormitorio. "Todos sabían que las niñas García tenían un gran futuro por delante. Bueno, recemos para que todavía haya esperanza para las otras dos".

María odiaba tanto tenerlos allí durante el parto que lo dio todo y, en cinco horas, María dio a luz a un bebé, Rafael, que lleva el nombre de su padre.

Tan pronto como nació el bebé, la abuela y Olga intervinieron. María solo se acercó al bebé para amamantarlo, y hasta eso le costó mucho. Fue difícil para ella vincularse con Rafael como lo haría una madre con su hijo. María siguió pasando tiempo sola en la habitación, ya sea trabajando en el trabajo escolar o en ropa para Sol y Luna. El dinero que estaba ahorrando para la matrícula en Altagracia se utilizó para mantener a Rafael, mientras siguió trabajando para no tener que pedirle nada a la abuela.

Cuando Rafael cumplió un año, María terminó la escuela secundaria. María fue diligente con sus estudios y pudo graduarse con su clase a tiempo. Ella nunca volvió a la escuela. Todo el tiempo ella estudió desde casa. Después de graduarse, decidió regresar al mundo exterior y comenzar a trabajar nuevamente en la tienda en lugar del almacén de su casa.

La vida de María era simplemente ir a trabajar y volver a casa para cuidar a Rafael. No había nada más en medio. Continuó con esa rutina durante varios años. María no tenía deseos de tener vida social, ni sentía que la merecía.

Un día, la señora Medina le pidió a María que la encontrara en la cafetería cerca de Sol y Luna. María de vez en cuando se encontraba con ella allí cuando quería comprar café y pasteles para todos en la tienda. María la ayudaría a llevar todo de regreso a la tienda. Cuando

María entró al Café Con Leche, la Señora Medina estaba sentada en una mesa cerca de la ventana, tomando un expreso.

"María, por aquí", dijo la señora Medina, saludando a María. "Toma asiento".

"¿No vamos a traer café para las damas?" preguntó María.

"Siéntate, María. Quería hablar contigo fuera de la tienda". María se sentó lentamente con una mirada confundida. ¿Qué podía ser tan importante para que la señora Medina tuviera que hablar con ella en privado?

—Señora Medina —dijo María con voz temblorosa—. "¿Me estás despidiendo?"

La señora Medina se rió mientras tomaba las manos de María. "No, cariño. No te voy a despedir. Pero te dejaré ir".

"¿Qué?", exclamó María, apartando las manos de su mentor. "No entiendo."

"María, escúchame". La señora Medina comenzó a explicar cuánto significaba María para ella, personal y profesionalmente. Ha sido mentora de María y la ha visto crecer hasta convertirse en una costurera excepcional. María era mejor que algunas de las damas que tenían más de veinte años de experiencia.

"María", continuó la señora Medina, "no puedo tenerte para siempre. No sería justo para ti".

María miró a la señora Medina, todavía aterrada por lo que estaba escuchando. Nada de eso tenía sentido para ella.

"Tengo una vieja amiga de la universidad que tiene un taller parecido a Sol y Luna, pero más grande. Ella está buscando una jefa de costura y te recomendé para el trabajo".

"Señora Medina, me encanta trabajar para usted. No quiero dejarla", dijo María con los ojos muy abiertos.

"Esta es una gran oportunidad para ti. Ella puede pagarte más y brindarte un estudio.

"¿Departamento?" María preguntó, confundida. "¿Por qué necesitaría un apartamento? ¿Este trabajo está en la ciudad?" preguntó María algo emocionada.

"Sí y no. Está en la ciudad, pero la ciudad está en Estados Unidos. Está en Miami". Desde el momento en que María escuchó Estados Unidos, ella estaba abierta. La oportunidad de repente parecía más atractiva. Fueron necesarias varias reuniones con la abuela, pero la señora Medina pudo convencerla de que esto era lo mejor para María. La abuela accedió con una condición: Rafael tenía que quedarse con la abuela.

"Necesitas tiempo para familiarizarte con el trabajo y preparar un buen hogar para Rafael", dijo Abuela. "Una vez que encuentres un marido, entonces puedes volver por él".

Por supuesto, Olga no estaba contenta con el plan. Tenía que ayudar a la abuela con Rafael mientras María se iba a su nueva aventura. No pudo evitar sentir amargura por haber sido puesta en esta situación nuevamente.

María estaba emocionada de irse del pueblo donde parecía que todos la conocían. La señora Medina le aseguró a María que su pasado era confidencial y que su nuevo jefe no sabía nada. El nuevo comienzo fue una bendición para María, pensando que no se lo merecía. Ahora, a los veinte años, esto era justo lo que necesitaba para ella y su hijo.

Maletas en mano, María echó un último vistazo a su habitación y salió al salón donde todos esperaban para despedirse. La señora Medina la acompañaría en el viaje para ayudarla a instalarse en su nueva vida. Esto le dio más paz a la abuela.

"Te voy a extrañar, Hermana", dijo Magdalena, abrazando fuerte a su hermana mayor.

"Asegúrate de escribirme a menudo", dijo María. "Quiero saber sobre tu vida universitaria". Olga se quedó con los brazos cruzados cuando María se acercó a ella.

"Hermana", comenzó María, "Gracias por todo. Te debo mucho".

"Asi es", dijo Olga sarcásticamente. Y no lo olvides. María sonrió, sin molestarse por la actitud de Olga. Continuó abrazando a su abuela, pero no intercambiaron palabras. Las cosas nunca fueron iguales entre ellas desde el embarazo. Rafael esperaba junto a la puerta. A los cuatro años, era muy perceptivo.

"Mami, date prisa y regresa por mí, ¿de acuerdo?"

María sostuvo a su precioso niño en sus brazos y, por primera vez, su corazón se llenó de amor por él. Por mucho que luchó, no pudo evitar llorar al despedirse de Rafael. Se parecía tanto a su padre. Era un recordatorio diario del dolor y traición. Hoy todo lo que vio fue un niño pequeño, su niño pequeño, y lo amaba mucho.

La señora Medina interrumpió: "María, tenemos que irnos para no perder nuestro vuelo. Ramón salió a poner las maletas en el auto". De mala gana, María soltó a Rafael y se secó las lágrimas de los ojos. Se puso de pie y miró a su alrededor.

"Adiós a todos", dijo, y luego salió, cerrando la puerta detrás de ella.

"¿Estas bien?" preguntó la señora Medina mientras le entregaba otra maleta a Ramón para que la cargara en el auto.

"Lo estaré", respondió María con un profundo suspiro. Ramón cerró el baúl y se acercó a María.

"Antes de irnos, voy a decirte lo que todos los demás tenían miedo de decirte adiós. Estados Unidos es un país muy grande. No hagas este movimiento si crees que vas a encontrar a ese chico y recogerlo". donde lo dejaste".

—Ramón —espetó María. "No estoy pensando en Antonio Morales. Esto no se trata de él. Se trata de mí y de mi hijo y de hacer una vida mejor para nosotros".

"Ok, mija. Entonces vete y ten una vida bendecida". Ramón besó a María en la mejilla.

"Hey", gritó la señora Medina. "¿Podemos irnos ya al aeropuerto?" Todos se rieron mientras subían al auto. María miró por la ventanilla del auto hacia la casa. Mientras Ramón se alejaba, una sensación de alivio la invadió. Se sintió libre por primera vez en cinco años.

"Sí", susurró para sí misma. "Estaré bien".

Capítulo 10

María llegó a la playa justo cuando el sol se estaba poniendo. Miami Beach no era tan hermosa como en casa, pero el paisaje seguía siendo impresionante. María se quitó los zapatos y dejó que los dedos de sus pies se hundieran en la arena. La fresca brisa tropical soplaba en su cabello, obligando a María a colocarse periódicamente el cabello detrás de las orejas. En el momento en que el mar le dio la bienvenida al sol, María sintió un escalofrío. Abrazándose a sí misma en un esfuerzo por mantenerse caliente, María comenzó a frotarse los brazos desnudos. De repente, una manta estaba sobre sus hombros, sorprendiendo a María. Rápidamente, María se dio la vuelta solo para encontrar a Antonio parado detrás de ella.

"Tienes frío", dijo Antonio en voz baja. María parpadeó con fuerza, sin creer que fuera Antonio mirándola con amor a los ojos.

—Cómo... qué... cómo —tartamudeó María, incapaz de pronunciar una frase. Antonio la acercó para abrazarla. María inhaló profundamente, percibiendo el distintivo aroma de su colonia. Se sentía bien estar en sus brazos de nuevo como si nunca se hubiera ido.

"María", comenzó Antonio, "perdóname por todo el dolor que te he causado. Te quiero mucho y no quiero estar separado de ti nunca más".

María se apartó para verle la cara. Abrió la boca para responder, pero fue casi como si le hubieran cortado la lengua. Frustrada, María trató de formular las palabras para responder a la declaración de amor de Antonio, pero no podía hablar.

"¿Qué estás tratando de decir, María?" preguntó Antonio. María siguió luchando. "María, ¿qué pasa? ¿Qué estás diciendo?" De repente, su voz fuerte y profunda comenzó a sonar femenina con un fuerte acento. Una María confundida continuó con la dificultad para hablar hasta que despertó y la señora Medina la sacudió y le dijo: "María, ¿qué estás diciendo? Estás soñando, niña".

Confundida por su entorno, María tardó unos segundos en darse cuenta de que estaba en un avión y se había quedado dormida. En ese momento, el piloto anunció que estaban haciendo su descenso final al Aeropuerto Internacional de Miami.

—Llegamos, María —dijo la señora Medina, apenas capaz de contener su emoción—.

María todavía estaba tratando de darle sentido a su sueño que no resonaba que ella estaba en otro país. El sueño marcó la primera vez en años que pensó en el padre de su hijo. Era tan real que la aterrorizaba.

Cuando María y la señora Medina pasaron por la aduana y recuperaron su equipaje, estaban exhaustas. Toda la experiencia de viajar había sido nueva para María, y aunque estaba cansada, estaba agradecida por la experiencia.

"¿Dónde está Eva?" preguntó la señora Medina mientras escaneaba el aeropuerto en busca de su amiga. "No puedo encontrarla en ningún lado". María no se molestó en mirar alrededor, considerando que no conocía a nadie en Miami.

"Voy a llamar a la boutique para asegurarme de que se acordó de pasar a buscarnos", dijo la señora Medina mientras buscaba su guía telefónica en su bolso. "Espere aquí y vigile nuestro equipaje mientras voy a usar el teléfono público".

María quedó impresionada de lo cómoda que estaba la señora Medina en los Estados Unidos. Incluso tenía un pequeño bolso con algunas monedas americanas. Su mentor maniobraba como si Miami fuera su ciudad natal.

No pasó mucho tiempo antes de que la ansiedad se apoderara de María cuando se dio cuenta de que estaba sola en medio de todos los extraños. Mientras miraba a su alrededor, sus ojos se encontraron con un hombre parado junto al área de reclamo de equipaje que miraba en su dirección. Él le sonrió y ella rápidamente se dio la vuelta. "Jesús, María, José..." María susurró por lo bajo. Había escuchado historias sobre hombres estadounidenses y su audacia con las mujeres. Algunos de ellos incluso los secuestraron y los convirtieron en prostitución. Al darse cuenta de que sobresalía como un pulgar dolorido, María acercó el equipaje a ella y mantuvo la cabeza baja.

Eventualmente, su curiosidad la obligó a darse la vuelta lentamente para ver si el hombre todavía la estaba mirando. Cuando no lo vio en el área de reclamo de equipaje, María exhaló aliviada.

"Hola", dijo una voz tranquila que hizo saltar a María. Era el hombre extraño, ahora a medio metro de ella.

—Mi.... mi amiga va a volver —dijo María, tropezando nerviosamente con sus palabras y sosteniendo su bolso bajo el brazo.

"Está bien", dijo el hombre, mirando fijamente a María.

"Por favor, no me lleves", rogó María mientras su voz temblaba de miedo. El hombre la miró desconcertado y alargó la mano para tocar el brazo de María.

"¡No!" María gritó y dio un paso atrás, tropezando con el equipaje. En ese momento, la señora Medina regresó de los teléfonos públicos.

-Carlitos, ¿eres tú? Gritó la señora Medina mientras caminaba apresuradamente hacia el hombre, saludándolo con un beso y un abrazo. "Acabo de llamar a la boutique y Eva dijo que te envió a recogernos". La señora Medina miró a María, cuyo rostro estaba rojo como una remolacha por la vergüenza. "¿Cómo encontraste a María?" ella preguntó.

"Ella es exactamente como la describiste", dijo el hombre con la misma voz tranquilizadora. "Permítanme presentarme. Mi nombre es Carlos Álvarez".

La mano de María encontró la suya y la estrechó levemente, evitando el contacto visual. "Encantado de conocerte", susurró ella.

"Confía en mí, el placer ha sido todo mío", respondió Carlos con una sonrisa. Justo cuando María estaba a punto de disculparse por su malentendido, Carlos recogió las bolsas y comenzó a caminar hacia la salida. "Señoras, mi coche está justo enfrente". La señora Medina y María lo siguieron afuera, donde había una abrumadora cantidad de autos y autobuses recogiendo viajeros. Cuando María vio el Pontiac azul hacia el que Carlos caminó, su corazón casi se detuvo.

"¿Estás bien, niña?" susurró la señora Medina. "Te ves pálida"

María simplemente asintió diciendo que estaba bien. ¿Cómo podía decirle que Carlos conducía exactamente el mismo auto que Antonio condujo de regreso a casa? El mismo coche del que ambos escaparon en aquella noche inolvidable.

El viaje de treinta minutos desde el aeropuerto hasta la boutique pareció una eternidad. La señora Medina y Carlos hablaron todo el tiempo como si María no estuviera. Condujeron hasta un edificio de dos pisos. El primer piso estaba dividido entre dos negocios: Eva's Fashions y Contabilidad Valerio.

Una mujer esbelta estaba parada afuera usando pantalones adelgazantes blancos con una camiseta sin mangas amarilla holgada. Su cabeza llena de rizos sueltos color caramelo caía ligeramente por debajo de sus orejas. Rápidamente dio una última calada a su cigarrillo, lo arrojó al suelo y lo pisó con sus bailarinas blancas.

"Bienvenida", dijo la mujer mientras corría hacia el auto. La señora Medina saltó del auto y abrazó a su amiga de toda la vida.

"¡Eva! Mírate", dijo emocionada. "Te ves increíble."

María estuvo de acuerdo. La mujer era impresionante. Se apoyó en el auto y observó a las dos damas turnarse para felicitarse. María respiró hondo y miró a su alrededor, todavía tratando de comprender el hecho de que estaba en otro país. Por un momento, pensó en sus hermanas. Habrían disfrutado del vuelo. A Magdalena le habría intrigado las azafatas que atendieron a todos en el avión. Olga se habría quejado de todo el vuelo, pero aun así lo disfrutó.

"¿Estás soñando despierta?" preguntó Carlos mientras sacaba el equipaje de la cajuela.

"No... no realmente", respondió María, bajando la cabeza, todavía avergonzada de antes.

"Bueno, ahora estás en Estados Unidos", continuó Carlos. "Este es el lugar donde los sueños se hacen realidad." María levantó la vista y miró fijamente a Carlos. Él le sonrió y le guiñó un ojo, haciendo que María se sonrojara.

-María -gritó la señora Medina-. "Ven aquí y conoce a Eva".

María corrió hacia donde estaban las damas. "Eva, esta es la niña-mujer de la que te hablé", comenzó la señora Medina. "Ella ha sido mi protegida durante muchos años, y ahora te la entrego". Eva tenía los brazos cruzados e inspeccionaba cada centímetro de María.

"Antes que nada", comenzó Eva, "tenemos que hacer algo con tu ropa. Si vas a trabajar para mí, tienes que lucir a la moda".

"Sí, señora Álvarez", respondió María.

"En segundo lugar, no tenemos que ser tan formales. Llámame, Eva".

María sonrió y asintió con la cabeza en acuerdo.

"Y, por último, bienvenida a casa. Estoy seguro de que te va a encantar". Eva descruzó los brazos y los extendió hacia María para darle un abrazo. María se sintió menos intimidada ahora que Eva le dio la bienvenida a Miami y su negocio.

"Carlitos, muéstrale a María su casa", instruyó Eva.

María siguió a Carlos hasta el costado del edificio donde estaba la oficina de Contabilidad Valerio. Había una entrada separada que conducía al apartamento del segundo piso. Cuando Carlos abrió la puerta del apartamento, gritó: "¡Ta-rannn!"

María rió nerviosa y entró al pintoresco apartamento. "Esta es tu nueva casa", dijo Carlos con las manos extendidas como si estuviera presentando un gran premio.

María nunca había estado en alojamientos tan contemporáneos. Solo había oído hablar de los apartamentos en la ciudad, pero no podía imaginar que fueran algo así.

"Déjame darte un recorrido", dijo Carlos mientras señalaba la sala de estar, la cocina, el baño y el dormitorio.

"Aquí es donde duermo", preguntó María mirando hacia el dormitorio.

"Bueno, eso es lo que hace la gente en los dormitorios, entre otras cosas", bromeó Carlos.

"No, quise decir, siempre he tenido que compartir una habitación con mis dos hermanas. Nunca he tenido una habitación para mí sola. María no contaba los ocho meses que pasó en soledad en el trastero de su abuela.

Carlos trajo el resto del equipaje de María y le entregó las llaves.

"Si necesitas algo, solo házmelo saber". María asintió con la cabeza. "Después de todo", continuó Carlos, "estoy a solo unos pasos de distancia".

"¿Perdón?" María preguntó, confundida.

"Mi oficina está abajo. Soy dueño de Valerio Contabilidad. Ahora es temporada de impuestos, así que estoy en la oficina hasta las 10 p. m. la mayoría de las noches".

Impresionada por su condición de propietario de un negocio, los ojos de María se abrieron de par en par y dijo: "Eso es increíble. Eres tan joven para tener tu propio negocio".

Carlos sonrió y miró hacia abajo con humildad. "Dios ha sido bueno conmigo". El dulce silencio en la habitación fue interrumpido por el sonido de pasos subiendo las escaleras. María podía escuchar las voces de Eva y la señora Medina cada vez más fuertes y luego el golpe en la puerta. Rápidamente miró a Carlos.

"Adelante", dijo Carlos mientras metía las manos en los bolsillos. "Este es tu apartamento".

El sonido de eso hizo que María se sintiera empoderada. Corrió hacia la puerta y la abrió para recibir a sus invitados.

"Sí, María", exclamó la señora Medina. "Mira tú pequeño lugar, niña."

María no podía dejar de sonreír de toda la emoción que finalmente la alcanzó. Las damas se sentaron en la mesa de la cocina para discutir el nuevo trabajo. Mientras Eva explicaba los conceptos básicos del trabajo, María notó que Carlos se escapaba por la puerta principal. Justo cuando pensó que lo logró sin que lo atraparan, sus ojos se encontraron con los de María. Él le guiñó un ojo y sonrió y cerró la puerta.

"Entonces, durante los próximos dos meses", continuó Eva, "trabajarás de lunes a sábado. Después de que termine la comunión y el baile de graduación, volverás a un horario normal". A María no le importaba el trabajo duro. Estaba segura de que disfrutaría trabajar y aprender de su nuevo jefe.

Pasaron horas antes de que las damas se fueran. Eva había comprado una pizza en la pizzería de la esquina para que María pudiera experimentar una comida americana. Después de cenar, la señora Medina se fue con Eva ya que se hospedaba en su casa. Mientras limpiaba, pensó en su nueva vida y en la vida que dejó atrás. Rafael.

Esa noche antes de acostarse, María sacó un bolígrafo y una hoja de papel de su bolsa de viaje. En la parte superior del papel, escribió, "Querida Abuela ... María hizo una pausa por un momento, repentinamente sin saber qué escribir. Desde su embarazo, la relación con su abuela había sido tensa. Cerró los ojos y respiró hondo. Poniendo pluma en papel, María continuó su carta.

¿Cómo estás? Llegué a salva a Estados Unidos. Miami no es lo que me imaginaba, pero claro, solo ha sido un día. ¿Como esta Rafael? Extraño mucho mi hogar. Una vez que comience a recibir el pago por mi trabajo, enviaré provisiones para Rafael. Hasta entonces, que el Señor los bendiga a todos.

María

María dobló con cuidado la carta y la metió en el sobre para que la señora Medina se la entregara. De repente, María estaba plenamente consciente de que estaba sola en un apartamento. Esta era su vida ahora. No había nadie en quien confiar más que ella misma. Lo lograría y demostraría a su familia en casa que estaban equivocados sobre su futuro.

María buscó en su bolso su rosario. Sor Rebeca se lo regaló en una de sus visitas durante el embarazo de María. "No se olviden de la iglesia", enfatizó. No fue algo difícil de hacer. María no podía olvidar cómo la iglesia la trató cuando más los necesitaba. No podía olvidar los susurros en el colmado ni las miradas a San Lucas. Sor Rebeca fue la única de la iglesia que no le dio la espalda a María. Incluso después del nacimiento de Rafael, la iglesia lo bautizó en privado en un día entre semana por la tarde cuando nadie estaba cerca. María entendió que recibió su merecido, pero igual le dolió.

Agarrada con fuerza al rosario, María se arrodilló a los pies de su cama y susurró una oración. "Gracias, Señor, por traerme a salvo a los Estados Unidos. Por favor, cuida a Rafael mientras estoy fuera. Cuida de Abuela y mis hermanas. Madre María, ruega por todos nosotros para que Dios continúe protegiéndonos, aunque nosotros, aunque yo no sea digno. Amén."

María se metió en la cama y colocó el rosario debajo de la almohada. Una sensación de pesadez la invadió y mientras las lágrimas corrían por su rostro, María se durmió.

Capítulo 11

El domingo por la mañana, María se levantó temprano como siempre. No durmió mucho la noche anterior, estaba sola en un apartamento en un nuevo país. Dando vueltas durante toda la noche, María siguió pensando en su nueva vida y en la vieja vida que dejó atrás. Rafael era su motivación ahora. Tan pronto como tuviera suficiente dinero ahorrado, enviaría por él.

Después de prepararse un desayuno ligero, María comenzó a limpiar cuando un golpe en la puerta la sobresaltó. María se apoyó en la puerta y preguntó con tono nervioso: "¿Quién es?"

"Carlos Álvarez", respondió la voz. Rápidamente, María arregló su ropa y arregló su cabello, asegurándose de que estuviera presentable. Había algo en Carlos que la intrigaba, y su corazón se aceleró al saber que él estaba del otro lado de la puerta. María respiró hondo y abrió la puerta.

"Buenos días", saludó María con una sonrisa.

"¿Qué llevas puesto?" Carlos preguntó abruptamente mientras se daba la bienvenida al departamento.

"¿Qué quieres decir?"

"¿Es así como te vistes en casa cuando vas a la iglesia?" Carlos se quedó con los brazos cruzados, esperando una respuesta. María miró su humilde ropa de casa.

"¿Iglesia?"

—Pues sí, señorita. La gente suele ir a la iglesia los domingos. María cerró la puerta y caminó hacia el pequeño sofá y se sentó.

"No voy a ir a la iglesia", dijo María casi en un susurro.

"¿Por qué no? ¿No crees en Dios?" Carlos interrogó.

"Por supuesto que sí", declaró María, mirándolo a los ojos a Carlos. "Simplemente no asisto a misa como solía hacerlo. No he sido buena con Dios, por lo que la iglesia no ha sido amable conmigo".

Carlos descruzó los brazos, sintiendo de pronto compasión por María. Se acercó en silencio y se sentó a su lado. "Sé que a veces la iglesia puede ser poco amable y cruel", comenzó Carlos, "pero Dios es bueno todo el tiempo y Él perdona".

María sonrió y se miró las manos. "No voy a preguntar qué hiciste, pero sé con certeza que Dios está esperando que regreses a la iglesia". Carlos puso sus manos sobre las de María y sonrió. "Te espero afuera".

Tan pronto como Carlos salió por la puerta, María entró corriendo a la habitación para cambiarse de ropa. Estaba dispuesta a ir a la iglesia donde nadie la conocía a ella ni a su pecado. Tal vez Dios la perdonaría en Estados Unidos ya que parecía que Él no había regresado a casa. En cuestión de minutos, estaban en camino a la Iglesia de San Miguel. María sintió una mezcla de emociones, incluida la ansiedad, pero de alguna manera estar con Carlos la hizo sentir que todo estaría bien.

La señora Medina y Eva ya estaban sentadas dentro de la iglesia. María entró, asombrada de todos los vitrales y estatuas de santos. La iglesia no se parecía en nada a lo que estaba acostumbrada en casa. Carlos sorprendió a María asombrada por la arquitectura y la belleza de la iglesia. Observó cómo la gente entraba al santuario reunida para la Misa. Sus ojos se posaron en un grupo de monjas sentadas cerca del frente del altar, esperando la procesión.

"María, ¿estás lista para ir a sentarte? Están por comenzar", dijo Carlos.

"Sí, por supuesto." María entró y se sentó en la penúltima fila.

"Eva y Estella nos están reservando asientos al frente", susurró Carlos, de pie junto a María.

"No, Gracias," María replico. "Quiero estar acá atrás."

"Pero hay tantas bancas vacías y Eva..." Carlos fue interrumpido cuando un ujier lo instó a sentarse porque la procesión había comenzado. Rápidamente se sentó al lado de María.

"Muchas gracias", susurró Carlos agitadamente. María se rió. "¡No es gracioso!"

Comenzó la misa y se vieron obligados a quedarse en la parte de atrás. María sostuvo su rosario en la mano durante todo el servicio y participó de todo corazón. Hacia el final de la Misa, llegó el momento de celebrar el sacramento de la Sagrada Comunión. Fila por fila, la gente subía al altar para recibir la hostia y el vino. Cuando llegó el momento de su fila, Carlos se puso de pie y caminó hacia el pasillo central, esperando que María pasara frente a él.

"No, no voy a ir", susurró María mientras otros cruzaban frente a ella para pasar. Carlos la miró unos segundos, desconcertado. Procedió a caminar hacia el altar para la Comunión, perplejo acerca de María todo el camino. Cuando volvió al banco, se arrodilló para orar. Después de unos minutos, se sentó y no le dijo una palabra a

María. No podía entender por qué ella estaba siendo tímida acerca de su fe.

Después del servicio, Carlos salió a esperar a su hermana ya la señora Medina. María estaba tratando de alcanzarlo. Podía decir que él estaba molesto con ella, pero no podía dejar que eso la molestara.

"Hola, ustedes dos", dijo Eva mientras se acercaba a Carlos y María afuera. "No pensamos que lo lograras". Eva los miró a los dos, consciente de cierta tensión.

"Bueno", continuó, "vamos a la casa. María, hoy conocerás al resto de la familia".

"Espero con ansias", sonrió María.

Carlitos, Estrella y yo vamos al mercado a recoger cosas de última hora. Ve a la casa y preséntale, María a Luz. Ella le dirá qué hacer. Carlos le indicó a María que caminara hacia el auto. Tan pronto como empezaron a caminar por la calle, María rompió el silencio.

"Entonces, ¿quién es Luz?"

"Ella es la sirvienta de mi hermana. Como Eva está tan ocupada con la tienda, le ayuda a cuidar la casa y los niños".

"No entiendo", dijo María. "¿Cómo voy a ayudarla?"

"Hoy es el cumpleaños de Pablo, el esposo de Eva. Ella está organizando una pequeña fiesta para él, su familia y amigos cercanos. Eva necesitará ayuda adicional para prepararse antes de que lleguen todos los invitados".

María sonrió. "En realidad suena divertido. Me recuerda a mi casa".

Carlos tenía una mirada perpleja en su rostro, lo que indica que no vio la conexión.

"Mi abuela tenía un pequeño negocio de repostería. Hacía tortas y pasteles para bodas y comuniones. Cuando se acercaba la fecha límite, mis hermanas y yo le ayudábamos a terminar. Era mucha presión, pero siempre una diversión."

Carlos vio cómo María hablaba por primera vez de su familia. Podía ver cómo ella estaba luchando contra sus emociones mientras sus ojos se ponían llorosos.

"Parece que extrañas a tu familia", comentó Carlos, con los ojos nuevamente en el camino. María volteó a mirar por la ventanilla del auto, escondiendo su rostro. "Los he extrañado durante mucho tiempo".

Carlos se rio y sacudió la cabeza. Sólo has estado aquí apenas veinticuatro horas.

María no respondió. En su corazón, sabía que mudarse a Estados Unidos no traería separación entre ella y la familia. La desunión ocurrió hace años.

Cuando llegaron a la casa, la emoción de María se transformó repentinamente en intimidación. La casa de Eva era más grande de lo que esperaba María. Carlos entró a la casa como si viviera allí y se mezcló con el equipo de personas que trabajaban en los detalles de la fiesta. Había damas colocando decoraciones y otro grupo de damas colocando las mesas del buffet. Un joven tocaba música y los niños corrían por toda la casa.

"Señorita, ¿me escuchó?" gritó una mujer, tocando a María en el hombro.

"Discúlpame, la música está alta. ¿Qué dijiste?" María gritó.

"Mi nombre es Luz. Ven conmigo". María siguió a la mujer bajita y canosa a la cocina donde otras dos damas estaban ocupadas preparando un festín. "Toma, ponte esto", instruyó Luz mientras empujaba un delantal en las manos de María. "Vas a empezar la ensalada de frutas". Luz le entregó a María una herramienta que nunca había visto y procedió a instruirla sobre cómo hacer bolas perfectamente redondas con la sandía. "¡Necesito que hagas toda la sandía y estos dos melones, rápido!"

María estaba fascinada con la tarea, tratando de asegurarse de que cada bola fuera perfecta. Enfocada en los melones, María no se dio cuenta que Eva y la señora Medina habían llegado del mercado.

"Todo se ve maravilloso, señoras", gritó Eva. "Voy a cambiarme de ropa. Los invitados llegarán pronto".

En unos breves minutos, María terminó dos tazones grandes de melones y se los entregó a una de las señoras para que terminara la ensalada de frutas.

A medida que los invitados comenzaron a llegar, la casa y el patio trasero se llenaron rápidamente de gente, abrumando a María. Era tanta la gente que asistía a la "pequeña reunión" que María se sentía como una forastera perdida. De repente, apareció una cara familiar.

"¿Hey, Donde has estado?" preguntó Carlos, sosteniendo un cóctel.

"Hay tanta gente aquí", susurró María.

"Esto no es nada. Espera hasta que veas la fiesta de Navidad de mi hermana. ¡Durará dos días!"

"¡Carlitos!" gritó un hombre de aspecto distinguido. "Tienes que decirle a José que toque mejor música. Me está aburriendo con la musica de viejos". El hombre volteó y miró a María y le entregó su taza vacía. "Consígueme otro ponche de Ron"

"Oh, lo siento", se rió Alejandro con decencia. "Por la forma en que está vestida, pensé que era una de las trabajadoras de Luz".

María miró fijamente al hombre y le devolvió la taza vacía. Sin decir una palabra, se alejó hacia la puerta principal.

"Alejandro", volvió a espetar Carlos, empujando a su hermano. "¿Por qué tienes que ser un burro?" Carlos corrió detrás de María para consolarla. Gritó su nombre varias veces, pero María siguió caminando rápidamente hacia la puerta, sintiéndose humillada. Varios invitados estaban hablando en el jardín delantero y no notaron que María pasó junto a ellos. Eventualmente, Carlos la alcanzó.

María, ¿adónde vas?

"Me voy a casa", dijo María con los dientes apretados.

"¿Y cómo planeas llegar allí?" Carlos se cruzó de brazos. María se dio cuenta de que no tenía idea de dónde estaba ni cómo llegar a casa. Cuando se volvió hacia él, habló rindiéndose.

"Carlos, ¿puedes llevarme a casa?" Carlos se acercó a María para no tener que hablar tan fuerte como ella.

"Por favor, no te vayas. La fiesta no ha terminado".

"Yo no pertenezco allí", soltó María. "Tus amigos me ven como una sirvienta. Tuve que aguantar a gente así en casa. No pasara lo mismo aquí".

Carlos metió las manos en los bolsillos y suspiró. Alejandro es mi hermano.

"¡Por supuesto!" María gritó y comenzó a caminar por la calle de nuevo. Era como tratar con la madre de Antonio de nuevo. Carlos tomó la mano de María y tiró de ella para que se detuviera.

"Deja de ser inmadura. Volvemos a la fiesta. Lo pasarás bien y te llevaré a casa cuando esté listo". María no esperaba el tono duro de Carlos.

"Sí, señor Álvarez", respondió ella con sarcasmo. Apartando la mano de Carlos, comenzó a caminar de regreso a la casa. María fue directamente al patio trasero a preparar un plato de comida cuando Eva estaba brindando por su esposo".

"Has sido un esposo maravilloso para mí y un padre increíble para nuestros hijos. Feliz cumpleaños, mi amor. Dios te bendiga con muchos más". Todos aplaudieron el cariñoso brindis y tomaron un sorbo de su bebida. María vio cómo Eva abrazaba a su marido. Ella lo miró con ojos de adoración. Hacían una hermosa pareja, como en las novelas.

"Un día tendrás un amor así", le susurró la señora Medina a María, sobresaltándola.

"No sé nada de eso. Estoy bastante segura de que seremos solo Rafael y yo", dijo María, mirando al suelo.

"María, tienes que empezar a creer que te mereces lo bueno en tu vida". La señora Medina siempre fue cariñosa con María, pero en este momento tenía un tono severo en la voz. "Tienes toda la vida por delante. No la vivas sola".

María sonrió a su mentor. Echaría de menos su aliento.

Finalmente se sentaron a la mesa a comer. La señora Medina la presentaba a todos los que pasaban, levantándola y edificándola. Después de una deliciosa comida, pastel y risas, María se sentía mejor por estar en la fiesta. No había visto a Carlos desde su encuentro en la calle. Habían pasado un par de horas y estaba preocupada de que él la hubiera dejado.

—Vamos adentro a refrescarnos —sugirió la señora Medina. Hace mucho calor aquí. Cuando entraron a la casa, había gente bailando en una pista de baile improvisada en la sala de estar. Una multitud rodeó a tres parejas mostrando sus pasos de baile.

Al acercarse María, reconoció que eran Eva y Pablo bailando. Se veían geniales en la pista de baile con sus cuerpos sincronizados. María distinguió la segunda pareja bailando y encogiéndose. Alejandro. Debe haber estado bailando con su esposa porque eran muy cercanos y sensuales. La actuación fue demasiado para el gusto de María.

Ahí estaba la tercera pareja que le puso la piel de gallina a María. Fue hermoso ver a esta pareja exhibir romance en la pista de baile. Cuando el hombre finalmente se dio la vuelta, María lo miró a los ojos, era Carlitos. Un enjambre de mariposas revoloteaba dentro de María al sentir que su rostro se calentaba. La última vez que tuvo esos sentimientos fue hace años cuando conoció a Antonio. María desvió la mirada y fingió no estar interesada en la exhibición. Sus ojos recorrieron la habitación para ver los rostros de los demás invitados hipnotizados por la actuación de los hermanos. Eran verdaderamente el entretenimiento de la fiesta.

Cuando la música se detuvo, un estruendo de aplausos llenó la casa de dos pisos. Fue magnífico. Carlos besó a su pareja de baile en la mejilla, mostrando gratitud por el baile, y se acercó a María.

"Vamos." Se alejó y comenzó a despedirse de su familia.

"Pasaré por la tienda de camino al aeropuerto mañana", dijo la señora Medina mientras abrazaba fuerte a María.

"Prepárate para trabajar a las 8:00 am, María", instruyó Eva. "Mañana será un día ajetreado".

María asintió. "Estaré lista. Gracias por invitarme hoy". Mientras salía por la puerta, María se despidió de diferentes personas que había conocido ese día, sin recordar ningún nombre. Cuando salió, Carlos ya la estaba esperando en el auto.

El viaje de regreso al apartamento fue tranquilo. Carlos tenía la radio encendida y sonaba una canción que María nunca había escuchado antes, pero la letra le resultaba familiar.

No puedo verte triste porque me mata,
Tu carita (llena) de pena, mi dulce amor.
Me duele tanto, las lágrimas que derramas,
Que mi corazón se llena de angustia.

Cuando terminó la canción, el hombre de la radio dijo que se llamaba Nuestro Juramento de Julio Jaramillo. Consciente de que María estaba escuchando, Carlos apagó abruptamente la radio cuando se detuvo en el edificio de apartamentos. Apagó el motor y salió del auto y rápidamente corrió hacia el otro lado para abrirle la puerta a María. En silencio, la siguió escaleras arriba hasta su apartamento. Cuando María abrió la puerta, Carlos simplemente dijo: "Buenas noches", y se alejó. María estaba estupefacta de por qué se comportaba de esa manera. No se le ocurrió que era un reflejo de su comportamiento anterior.

María se preparó para la cama, con ganas de descansar bien antes de su primer día y las Modas de Eva. Rosario en mano, se arrodilló junto a la cama para rezar. Como de costumbre, oró por Rafael, Abuela y sus hermanas. Oró por la familia Álvarez y por sus negocios y dio gracias a Dios por ellos. "Y Dios, oro para que mañana tenga éxito en mi nuevo trabajo y comienzo. Amén".

Cuando María apoyó la cabeza en la almohada, le vino a la mente el recuerdo del baile. Qué impresionantes eran los hermanos Álvarez en sus movimientos de baile. Que guapo era Carlos. Se sorprendió a sí misma sonriendo y pensando en él.

"Basta, María", se dijo a sí misma. "Concéntrate en tu trabajo y en Rafael. Nada más". María comenzó a rezar mentalmente las oraciones repetitivas del Rosario y, a los pocos minutos, se durmió.

Capítulo 12

Era la temporada de graduación en Estados Unidos. La época del año en que los adolescentes de la escuela secundaria se disfrazaban para el baile especial al final del año escolar. Eva's Fashions estaba muy ocupada con los pedidos y arreglos de vestidos. María nunca había hecho ese tipo de vestidos para ocasiones especiales. La señora Medina siempre manejaría personalmente esas órdenes. María estaba nerviosa de que Eva le confiara las alteraciones.

"Ahora María, conozco a Estella desde hace muchos años y sé lo talentosa que es. Ella cree en ti y en tus talentos. Por eso estás aquí". Eva se cruzó de brazos y respiró hondo. "Pero necesito ver por mí misma lo que puedes hacer. Aunque te hayas mudado aquí, tu posición en mi negocio no está garantizada". María comenzó a sudar escuchando lo que le decía su nuevo jefe.

"Sí, por supuesto", respondió María, con el corazón acelerado. Eva abrió la espalda de una prenda y reveló un vestido rosa de princesa. Los ojos de María se abrieron como platos al ver el distinguido vestido.

"Tenemos una nueva clienta que recibió este vestido de su prima mayor que vive en Nueva York. Su prima es una talla diez de pecho plano, pero nuestra clienta es una talla cuatro, pero tiene los senos mucho más grandes. Estas son sus medidas". Eva le entregó a María un formulario de pedido con toda la información. "Quiero que prepares este vestido para las alteraciones. No lo cortes. Solo alfileres y muéstramelo cuando hayas terminado".

El corazón de María se sentía como si se le fuera a salir del pecho porque la tarea que tenía entre manos la ponía ansiosa. Aunque nunca había trabajado con este tipo de telas o estilos, era una experta en los detalles. Si algo aprendió de la señora Medina y Ramón fue a estar siempre atento a los detalles. Sin perder de vista el reloj, María comenzó a trabajar en el vestido. Su objetivo era terminar el proyecto antes de que el resto del personal de Eva se presentara a trabajar. Lo último que quería María era público durante esta prueba.

Después de noventa minutos, María estaba lo suficientemente segura como para que Eva revisara su trabajo. Eva miró el vestido sobre el maniquí a distancia desde diferentes ángulos. Poniéndose los anteojos que colgaban de su cuello por una cadena de perlas, Eva se acercó para inspeccionar los detalles en la colocación de los broches. Pasaron varios minutos antes de que finalmente Eva se quitara los anteojos y dijera: "¡María Guadalupe García, bienvenida a Modas de Eva!".

María exhaló y se rió nerviosamente. Sus habilidades como costurera fueron las únicas positivas en su vida que nadie podría empañar. Una nueva sensación de empoderamiento se apoderó de María, y fue justo la confirmación que necesitaba en este momento de su vida.

Lentamente, los miembros del personal fueron llegando para la apertura de las 10:00 am. El montaje de Eva era diferente al de Sol y Luna. La boutique estaba en el primer piso con una pequeña sección en la parte trasera para la oficina de Eva, incluida una estación de costura. Encima de la tienda estaba el estudio de costura con diez estaciones y docenas de estantes. Cuando llegaron todos, Eva presentó a María al equipo femenino.

"Señoras, quiero que conozcan a María García. Se mudó a Miami para ocupar el puesto de costurera principal". Eva hizo una pausa para permitir que las damas se empaparan de las noticias, incluida María. Esta no sabía que tendría el mismo papel en América que Ramón tenía en casa. "Como saben, después de que Tatiana se casó, su esposo no quería que ella trabajara más y necesitábamos reemplazarla. Entonces, ¡Bienvenida María!".

Hubo una mezcla de reacciones al anuncio de Eva. La mayoría de ellos sonrió y aplaudió, expresando su bienvenida. Sin embargo, algunos de ellos permanecieron con cara de piedra. Después de unos minutos, Eva le informó al equipo que continuaran con sus proyectos mientras ella entrenaba a María abajo en la boutique durante toda la semana. Mientras bajaba corriendo las escaleras, Eva susurró: "Rápido, María, antes de que empiecen a hacer preguntas".

Una mirada de perplejidad cubrió el rostro de María. ¿En qué me he metido? Una vez que estuvieron en la boutique y fuera del alcance de las señoras del piso de arriba, Eva explicó la situación en la que se encontraba ahora María.

"Varias de las damas han estado conmigo durante años. En realidad, Carmen estuvo aquí cuando abrí hace ocho años, pero ninguna de ellas puede ayudarme a administrar este negocio. Necesito a alguien no solo capacitado, sino alguien en quien pueda confiar. " Eva suspiró, buscando encontrar las palabras para explicar sus pensamientos sin dañar demasiado el carácter de nadie.

"A Carmen la quiero mucho, pero es chismosa y le gusta traer dramatismo. Sinceramente, creo que ve demasiado de esas telenovelas. La mantengo porque es muy buena en lo que hace y conoce a mucha gente y las conexiones traen una gran cantidad de negocios como referencia". Eva pudo ver las líneas de preocupación formándose en el rostro de María y se acercó a su nuevo gerente.

"Estella me dice que eres reservada, inteligente y centrada cuando se trata de tu trabajo. También dice que se puede confiar en ti. Eso es lo que necesito".

María siguió escuchando, sin decir una palabra, pero mostrando suficiente emoción en su rostro para convencer a Eva de que todavía estaba preocupada.

"No sé qué situación dejaste atrás en casa, pero ahora estás aquí, un nuevo comienzo con el que Dios te ha bendecido. Recibe esa bendición, María."

María logró esbozar una sonrisa mientras luchaba por contener las lágrimas. Si esto era una bendición, ¿realmente se lo merecía? "No te decepcionaré, Eva".

Ambos sonrieron y se abrazaron, marcando el comienzo de una relación de tutoría y posiblemente de una amistad.

Esta semana, María trabajó muchas horas junto a Eva aprendiendo las bases del negocio. Eva quería que

María estuviera preparada para operar la tienda en su lugar si alguna vez surgiera la necesidad. Cada noche María subía a su apartamento, preparaba una cena rápida y se acostaba.

Cuando llegó el domingo por la mañana, María apenas podía levantarse de la cama. A pesar de los dolores y la fatiga, se levantó de la cama y se preparó para la misa. María agarró las direcciones que Eva le dio para llegar a St. Michaels y se preparó para caminar a la iglesia. Mientras bajaba las escaleras del edificio, pudo escuchar música proveniente de Valerio Contabilidad. Era la última semana de la temporada de impuestos y Carlos trabajaba más de quince horas al día. Le sorprendió que él estuviera en la oficina un domingo. María hizo todo lo posible por pasar desapercibida frente a la tienda, pero Carlos la vio y la saludó con la mano mientras caminaba hacia la puerta principal.

"¿Adónde te diriges tan temprano esta mañana?" preguntó Carlos cuando abrió la puerta principal.

"Estoy yendo a la iglesia." María no había visto a Carlos despues de la fiesta en casa de Eva, y desde entonces se había dejado barba.

"La misa no comienza hasta dentro de dos horas", señaló Carlos con una sonrisa.

"Estoy caminando para allá", respondió María rápidamente. "Considerando que es la primera vez que camino, no sé cuánto tiempo me llevará".

"Yo te llevo", dijo Carlos con una gran sonrisa.

María no pudo evitar mirarlo con escepticismo como si estuviera tramando algo. "¿Por qué siento que esto me costará?"

Carlos estalló en una risa profunda. "Todo lo que pido es una taza de café con leche y tostadas. No fui a casa anoche porque tenía mucho trabajo que hacer y ahora estoy exhausto".

"Oh, Dios mío", dijo María mientras buscaba frenéticamente las llaves en su bolso. "Por supuesto. Ven arriba". Carlos apagó rápidamente la música y las luces de la oficina y cerró la puerta principal. Cuando llegó al departamento de María, la cafetera estaba en la estufa preparando café.

Carlos se acomodó en la mesa de la cocina con su periódico. Repasó las noticias susurrando comentarios para sí mismo mientras María preparaba rápidamente dos huevos revueltos para agregar a la tostada. Hacía mucho tiempo que no cocinaba para alguien. Se sintió bien hacer este pequeño gesto para Carlos. Había sido de gran ayuda para María desde que llegó a América.

"Aquí tienes", dijo María, sirviendo el desayuno.

"Wow, qué sorpresa. Mi estómago te lo agradece". Ambos comenzaron a reír. María se sentó a la mesa y se unió a Carlos con una taza de café. Entablaron una conversación sobre los Estados Unidos y la condición del país en casa. A Carlos le apasionaba la política y a María le intrigaba todo lo que decía. La política nunca fue un tema que le interesara en casa, pero escuchar a Carlos hablar sobre los dos condados y cómo sus gobiernos podrían mejorar despertó el interés de María por aprender más.

"Sabes mucho sobre política. ¿Por qué no te convertiste en un funcionario del gobierno como tu hermano?"

Carlos tomó un sorbo lento de café y se tomó su tiempo para responder. "Realmente amo ayudar a la gente. Mi hermano está más consumido por tener poder. Puedo hacer más bien por la comunidad desde a atrás". Carlos continuó explicando cómo usó su negocio de contabilidad para ayudar a los inmigrantes con su residencia y establecerse en los Estados Unidos. María estaba fascinada con lo que decía Carlos y cómo lo decía.

"Bueno", dijo Carlos, mirando su reloj, "tenemos que irnos ahora si voy a llevarte a la iglesia a tiempo. María casi se olvidó de sus planes de asistir a Misa esa mañana. Podría haber escuchado a Carlos hablar durante horas. Casi le recordaba sus conversaciones con Antonio en casa. La diferencia era que Carlos hablaba de ayudar a la gente y mejorar la vida de su país. Antonio solo hablaba de sí mismo y de romper con el control de su madre. Es una maravilla cómo María se había enamorado tanto de Antonio hasta el punto de comprometer quién era y en qué creía.

Cuando llegaron a San Miguel, Carlos decidió acompañar a María en la Misa.

"No estoy acostumbrado a ir a la iglesia a las ocho de la mañana con todos los adultos mayores", bromeó Carlos. Solo había unas pocas docenas de personas en la iglesia, y Carlos y María eran los únicos sin cabello plateado. María no sabía que el primer servicio del día en St. Miguel generalmente era para los ancianos de la comunidad. Les ofrecían café y panecillos después del servicio en la sala de bingo. En casa, María siempre se levantaba temprano para asistir a Misa incluso más temprano, y siempre había una mezcla de feligreses.

Después de la misa, Carlos llevó a María a su casa y la acompañó hasta la puerta de su apartamento.

"Carlos, te agradezco que me hayas esperado y llevado a la iglesia hoy, aunque estabas cansado".

"Fue un placer", dijo Carlos con una leve sonrisa, aunque sus ojos rojos expresaban su fatiga. "No me importa pasar a buscarte todos los domingos para llevarte".

María se sonrojó por su amabilidad, sabiendo que no podía estar hablando en serio. "No tienes que hacer eso. Estoy bien por mi cuenta". La idea de que Carlos realmente haría todo lo posible por ella la avergonzaba y la asustaba al mismo tiempo.

"No es molestia. Tengo que pasar por delante del edificio de camino a la iglesia de todos modos. No me importa hacerlo". María tenía una mirada dubitativa en su rostro, sin saber si Carlos tenía alguna intención oculta.

"Mira", dijo Carlos, con los ojos muy abiertos, "si te hace sentir mejor, puedes pagarme con un café con leche todos los domingos por la mañana". María no pudo evitar reírse ante la desvergonzada petición.

"De acuerdo. Un café con leche para un viaje a la iglesia", asintió María, extendiendo su mano para sellar el trato con un apretón de manos. Cuando Carlos aceptó su mano, en lugar de estrecharla, la giró y besó la parte superior de su mano.

"De acuerdo", dijo, y sin decir nada más, bajó corriendo las escaleras y se fue.

María entró a su apartamento sin saber qué hacer con Carlos Álvarez. Aunque estaba agradecida de que él se ofreciera a llevarla a la iglesia todas las semanas, estaba paranoica de que él tuviera intenciones secretas de encantarle como lo hizo Antonio. Cuanto más pensaba en ello, más le preocupaba.

María buscó en su cartera y sacó las indicaciones para llegar a la iglesia que le dio Eva. Decidida a demostrar su independencia, decidió regresar a St. Miguel a pie. Caminando por el boulevard principal, María pudo conocer los diferentes negocios de Miami. Desde que se mudó a Estados Unidos, no había tenido la oportunidad de visitar las diferentes atracciones turísticas. Caminar tres millas y media hasta St. Miguel fue una aventura en sí misma.

En poco más de una hora, María llegó a la iglesia. Ya había una misa en curso. Aprovechó la oportunidad para sentarse en su lugar habitual en la parte de atrás y descansar unos minutos antes de caminar de regreso a casa. La inquietó la sensación de que algo no estaba bien. Mientras miraba a su alrededor, notó que dos señoras la observaban al otro lado de la iglesia. Después de unos segundos, María se dio cuenta de que era Carmen de la boutique, sonrió y saludó. La mujer tenía una mirada de disgusto en su rostro y se inclinó para susurrar algo al oído del otro espectador. Las dos continuaron mirando abiertamente a María, finalmente haciéndola sentir incómoda. Era bueno que la Misa estuviera llegando a su fin y ella pudiera escapar y regresar a casa.

Tan pronto como el sacerdote salió de la iglesia, María salió del banco al salir también. Carmen rápidamente hizo lo mismo y alcanzó a María afuera de la iglesia.

"María", dijo con la boca llena de actitud, "¿no crees que es una falta de respeto presentarse en la iglesia al final del servicio?" María se dio cuenta de lo mal que parecía y se rió entre dientes.

"Sí, pero en realidad vine a la misa de las ocho. Quería ver cuánto tiempo me tomaría caminar hasta aquí, así que regresé".

"Bueno, ¿cómo llegaste aquí esta mañana?" preguntó Carmen.

"Oh, Carlos me trajo".

"¿Carlitos?" La mujer con Carmen habló por primera vez. María ni siquiera se dio cuenta de que estaba parada allí. Había una familiaridad en ella ahora que María la veía de cerca.

"Sí, Carlitos", respondió María con una sonrisa. "Mi nombre es María García. Trabajo con Carmen".

"Lo sé todo de ti", dijo la mujer con una mirada de desprecio. María estaba a punto de preguntarle qué significaba eso cuando Alejandro Álvarez interrumpió la conversación.

"Te fuiste tan rápido que no pude alcanzarte". María instantáneamente se arrepintió de haber regresado a la iglesia. La vista de Alejandro la repugnaba. Su arrogancia era abrumadora. Cuando se dio cuenta de con quién estaban hablando las damas, su rostro se iluminó. "Bueno, hola. Veo que conociste a mi esposa". Eso fue todo. La mujer estaba en la fiesta de Eva bailando provocativamente con Alejandro.

Y Vanessa, veo que has conocido a Santa María. María sintió que la sangre abandonaba su rostro. ¿Por qué la llamó así? "Me dice mi hermana que eres tan buena como una santa", dijo Alejandro, mostrando su sonrisa de político mientras miraba a su alrededor, queriendo ser visto.

"Disfruto lo que hago y estoy agradecida con Eva por la oportunidad".

"Estoy segura de que lo eres", intervino Carmen, claramente todavía guardando resentimiento por haber sido aprobada para la promoción.

"Bueno, debo irme", dijo María, ansiosa por alejarse del grupo.

"Disfruta de tu paseo", dijo Vanessa con condescendencia.

Mientras María se alejaba, podía escuchar a Alejandro hablando. "Por supuesto, ella disfrutará de la caminata. Ese tipo de personas en casa están acostumbradas a caminar a todas partes. No pueden pagar los autos". La ira debe haber alimentado a María ya que incluso en el calor del mediodía de Miami, llegó a casa en menos de una hora. María estaba cansada de que la menospreciaran. Pensó que estar en un nuevo entorno sería diferente para ella.

"No voy a vivir mi vida de esta manera". María se quedó mirando su reflejo en el espejo del baño. "Algún día seré rica y la gente se arrepentirá de haberme tratado así. Todos me envidiarán". Una oscuridad cubrió a María mientras dejaba que la ira se enconara dentro de ella.

Lentamente, la una vez inocente y afectuosa María se estaba endureciendo. María poco a poco fue construyendo un muro a su alrededor y separándose no sólo de los demás sino también de los preceptos de Dios que en este momento estaban lejos de la memoria. Consumida por una ira creciente, no podía escuchar los gritos de su espíritu.

No te apresures en tu espíritu a enojarte, porque la ira reposa en el seno de los necios.

Capítulo 13

Habían pasado seis meses desde que se convirtió en la costurera principal de Eva's Fashions, y María finalmente tenía un horario de trabajo fijo con los fines de semana libres. Ahora que Eva anunció que estaba embarazada de su cuarto hijo, que nacería en marzo, María tenía que pensar en administrar sola el negocio durante unos meses después del nacimiento del bebé. María no estaba nerviosa por eso, especialmente después de ganarse el respeto de las señoras de la tienda. Incluso Carmen se suavizó un poco, aunque todavía estaba amargada por haber sido menospreciada por el ascenso.

De regreso del supermercado, María se detuvo a recoger el correo en la boutique. Los sábados, Eva tenía una vendedora de medio tiempo que supervisaba las operaciones de la tienda. Rosa era una encantadora viuda de mediana edad que vino a los Estados Unidos cuando era niña. Tenía un don para la moda, y cada atuendo que usaba complementaba su figura de botella de Coca-Cola. Rosa trabajaba en Eva's Fashions simplemente porque le encantaba. Ella perdió a su esposo en un trágico accidente de fábrica hace años antes de tener la oportunidad de tener hijos. El fabricante otorgó un gran acuerdo que le duraría a Rosa toda la vida. Entre su trabajo de caridad y su pintura, Rosa se mantuvo ocupada y contenta.

"Buenos días, Rosa". María entró por la puerta, abrazando dos bolsas de papel llenas de víveres.

"Hola cariño. Tengo tu correo para ti aquí mismo. Rosa agarró la pequeña pila de catálogos y sobres de detrás del mostrador y los colocó en una de las bolsas de supermercado.

"Me leíste la mente", dijo María, todavía sosteniendo las dos bolsas. "Que tengas un gran resto del día." María ya era una experta en subir las escaleras con las manos llenas. En cuestión de minutos, había guardado todas las compras y estaba relajada en el sofá clasificando el correo. Eva la suscribió a varias revistas comerciales y catálogos de tiendas para que pudiera mantenerse al día con las tendencias de la moda. A María le encantó pasar una tarde tranquila viéndolas mientras sonaba música suave de fondo.

Mientras María hojeaba los sobres, la letra de uno de ellos hizo que su corazón diera un vuelco. ¡Abuela! María, había enviado seis cartas y al menos cuatro transferencias de dinero a su abuela desde que se mudó. Esta fue la primera respuesta que recibió de su abuela. María se enderezó y miró fijamente el sobre que tenía en la mano, temerosa de abrirlo. De repente, volvió a ser la adolescente, la que avergonzaba a su familia. ¿Por qué la abuela tardó tanto en escribir? ¿Seguía la humillación de la desgracia de María sobre la familia en casa?

Después de lo que pareció una eternidad, María abrió el sobre con cautela y sacó la delicada papelería.

Tomando una respiración profunda, desdobló las hojas revelando el mensaje de su abuela.

Querida María,

Recibí tus cartas durante estos últimos meses. Siento no haber respondido antes, pero ha sido difícil aceptar el rumbo que ha tomado tu vida. Nunca hubiera imaginado que estarías viviendo en otro país, soltera y con un hijo que ni siquiera vive contigo. Sé que te di mi bendición para que te fueras, pero eso no significa que me guste cómo han resultado las cosas.

También recibimos el dinero que has estado enviando para Rafael. No te preocupes, está siendo tratado como un príncipe. Pregunta por ti todos los días. Quiere saber si ya encontraste a su padre porque está listo para estar contigo en Estados Unidos. No sé de dónde sacó la idea de que te fueras a buscar a su padre. Ruego al buen Dios que no hayas hecho eso. Rezo para que seas más inteligente hoy de lo que eras cuando tenías quince años.

Olga ha estado haciendo un gran trabajo cuidándolo. Mientras él está en la escuela, ella me ayuda a hornear. Ha estado ocupado últimamente con tantas bodas y quinceañeras.

*Magdalena asiste a la escuela de arte
en la ciudad. Recibió una beca para la
universidad y vive en una vivienda para
estudiantes. Tiene un estudiante de
medicina que me ha pedido permiso para
cortejarla. Viene de una buena familia.
Estoy seguro de que se casará con ella.
Estaba preocupada por ella y su espíritu
libre, pero estoy muy orgullosa de ella
y de la joven en la que se ha convertido.*

*Encenderé una vela por ti en la iglesia y
continuaré orando por la misericordia de
Dios para tu alma.*

*Con amor,
Abuela*

Las lágrimas mancharon la papelería cuando María leyó la carta por segunda y tercera vez. El tono frío y la selección de palabras de la abuela demostraron que ella todavía no había perdonado a María por su pecado de hace tantos años. No importa cuánto lo intentara, su abuela siempre vería el pecado y no a la mujer.

Mientras miraba la carta, su tristeza comenzó a convertirse en amargura. María pensó en formas de responderle a la abuela y qué diría si estuviera frente a ella. Diferentes escenarios de cómo iría la conversación pasaron por su mente, conversaciones que nunca sucederían.

Antes de darse cuenta, había pasado una hora. María volvió a meter la carta en el sobre y lo colocó en el cajón de su mesita de noche. En lo que a ella respectaba, no iba a volver a leer la carta. Si la abuela quería tratarla como a una extraña, estaba más que feliz de hacer lo mismo.

Un golpe inesperado en la puerta sobresaltó a María ya que no esperaba a nadie. No tenía amigos ni familiares en Miami. El único que la visitaba era Carlos los domingos por la mañana. Disfrutaba de esas conversaciones durante el desayuno con él antes de ir a la iglesia. Habían pasado tres semanas desde que lo había visto. Tenía algunas obligaciones personales que le impedían asistir a la misa dominical, pero prometió que regresaría esta semana. Cuando María abrió la puerta, Rosa estaba allí con un paquete grande.

"El cartero acaba de regresar y te entregó este paquete. Parecía importante, así que te lo traje de inmediato". Rosa le entregó el paquete a María. María estudió el paquete tratando de descifrar la dirección de la remitente manchada. La única escritura legible en el paquete decía CORREO AÉREO. "¿Estabas esperando un paquete?"

"No, no tengo idea de qué es esto", dijo María mientras caminaba hacia la mesa de la cocina. Rosa la siguió hasta la cocina, igual de curiosa. Las dos damas se sentaron en silencio mientras María usaba un cuchillo para abrir la misteriosa caja y revelar un gran sobre manila. María abrió rápidamente el sobre ya que el suspenso comenzaba a molestarla. Dentro del sobre había tres sobres más. María abrió el primero, y era una tarjeta de su abuela que decía Feliz cumpleaños en el frente.

"María, ¿es tu cumpleaños?" preguntó Rosa emocionada. María sonrió y asintió. Ella pensó que la abuela se había olvidado de su cumpleaños ya que nunca reconoció el día después de quedar embarazada de Rafael.

"Mi cumpleaños es mañana." Luchando contra las lágrimas, leyó la tarjeta de la abuela que le deseaba un feliz cumpleaños y la bendecía con un buen año. "Es de mi abuela", le explicó María a Rosa mientras tomaba otro sobre. Era una tarjeta de cumpleaños de sus hermanas. No tenía comunicación con sus hermanas desde que también se mudó. Fue una grata sorpresa leer los buenos deseos de las chicas. Mientras María leía la tarjeta, Rosa le preguntó si podía abrirle la tercera tarjeta. Sin levantar la vista de la tarjeta, María asintió con la cabeza. Antes de que María se diera cuenta de lo que acababa de aceptar, Rosa dejó escapar un chillido.

"¿Tienes un hijo?"

Todo el color abandonó el rostro de María mientras miraba a Rosa, sin palabras. Rosa se acercó a María y le puso la mano en el hombro. Podía sentir que María se sentía incómoda.

"María, ¿tienes un niño hermoso?" Rosa le entregó la tarjeta y dentro había una foto de Rafael. María se echó a llorar al ver a su hijo. Había crecido tanto en solo seis meses. La tarjeta simplemente decía: "Te extraño, mami".

Rosa le entregó a María un pañuelo y la ayudó a sentarse en el sofá. El llanto de María continuó ahora porque su secreto quedó al descubierto. "Rosa", logró decir entre sollozos. "Por favor, no le cuentes a nadie sobre esto". Mirando profundamente a los ojos de su amiga, tomó su mano e hizo cumplir su pedido. "No quiero que nadie lo sepa. Por favor, guarda mi secreto.

"Por supuesto cariño. No diré una palabra. Rosa apretó la mano de María.

María agradeció que Rosa fuera la que se enterara de Rafael y ninguno de los otros muchachos en la tienda. Confiaba en Rosa y creía que era una mujer de palabra.

"¿Puedo orar por ti, María, ¿querida?" Sin saber qué responder, María se encogió de hombros. Nadie le había hecho nunca esa pregunta. "Dulce Padre celestial, vengo ante ti en nombre de mi querida amiga María. Señor, yo no conozco la plenitud de su secreto, pero tú sí. Padre, hoy te pido que le traigas paz con respecto a esta situación. Señor, seca sus lágrimas y consuela su corazón. Ella extraña mucho a su familia. Padre, por favor llena ese vacío con tu amor y paz que va más allá del entendimiento. Hazle saber que tú eres su refugio y que no está sola. Bendícela, Padre. Bendice a su familia en casa y bendice a su precioso niño. Todo esto te pido en tu nombre, dulce Jesús." Cuando Rosa abrió los ojos, el rostro de María estaba húmedo por un desbordamiento de lágrimas.

"Nadie había orado por mí antes. Nunca había escuchado una oración como esa".

Rosa la abrazó cariñosamente. "Acabo de hablar desde mi corazón, querida". Rosa se apartó y miró cálidamente a su amiga. "No sé por lo que estás pasando, pero sí sé que nuestro Padre te tiene en la palma de Su mano. Él te ama, cariño.

María sonrió, agradecida por las amables palabras, pero segura de que no todo era cierto. Estaba segura de que Dios aún no la había perdonado por su pecado.

"María, ¿has invitado a Jesús a tu corazón? ¿Reconoces que Él es tu Señor y Salvador?"

"Claro que yo sé que Él es mi Señor", replicó María ofendida. "Yo soy católica."

"Lo sé querida. No quise lastimarte. Sé que vas a la iglesia todas las semanas y te he visto con tu rosario, pero ¿tienes una relación personal con el Señor?".

Las preguntas inquietaron a María. ¿Por qué Rosa le preguntaba eso? ¿La estaba juzgando a ella también, al igual que a los otros miembros de la iglesia en casa?

"Mi relación con el Señor está bien, gracias". María se puso de pie. "Si no te importa, Rosa, tengo mucho que hacer hoy".

"Si, discúlpame", le dijo Rosa, poniéndose de pie. "De hecho, tengo que recoger a un querido amigo del aeropuerto. Ella está volando desde Texas. Ella es viuda como yo y acaba de comenzar su propia compañía de cosméticos. Estoy muy emocionada de verla". Mientras salía corriendo por la puerta, saludó a María. "Traeré a Mary en algún momento de esta semana para que pueda conocerlos a todos. ¡Bendiciones, amiga mía!"

Cuando María cerró la puerta, una lágrima cayó por su mejilla. ¿Cómo podía una mujer alentarla un minuto e insultarla al siguiente? Lentamente, se volvió a sentar en el sofá y recogió las cartas, tomándose su tiempo para leer cada una de ellas nuevamente. Le dolía el corazón por cada miembro de su familia. Le faltaba su papel de hermana mayor de Magdalena justo cuando más la necesitaba. Su culpa por haber perdido a Olga en la escuela de enfermería la acompañaría por el resto de su vida. Aunque era un dolor la mayor parte del tiempo, extrañaba mucho a su hermana mayor. Las cosas nunca fueron iguales con su abuela. Aunque el gesto de cumpleaños no era consistente con el comportamiento de la abuela en los últimos cinco años, María se conmovió profundamente. Por mucho que Abuela quisiera, no podía sacar a María de su corazón. Esta era la prueba de que ella todavía permanecía allí.

María recogió la foto de Rafael y su tarjeta y la volvió a meter en el sobre grande y se la llevó a su dormitorio. El único lugar que creía seguro era entre el colchón y la cajonera. Nadie encontraría el secreto que había estado guardando todo este tiempo. Un día la verdad finalmente saldría a la luz, un día en que habría ahorrado suficiente dinero y se habría mudado a otra parte de los Estados Unidos con Rafael. Por ahora, Eva, su familia, las damas y las modas de Eva nunca podrían saber de su pecado y su fruto.

Capítulo 14

Los escaparates estaban decorados con imágenes de árboles y Santa Claus, y en todas las tiendas se tocaban villancicos. Llegó la Navidad y María estaba en Miami, lejos de sus seres queridos. Esta era la primera vez que había estado tan lejos de su familia durante las vacaciones. Incluso cuando estuvo aislada durante su embarazo, no se sintió tan sola como ahora. María había estado trabajando más horas en la tienda últimamente ya que Eva había estado tomando tiempo fuera de la tienda para prepararse para su fiesta anual de Navidad. Su intento de mantenerse ocupada y no pensar en su soledad fue un plan fallido. El único tiempo libre de María era los domingos, donde pasaba la mayor parte con Carlos.

María terminó de poner la mesa para el desayuno ya que Carlos llegaría en cualquier momento. Como todos los domingos, desayunaron juntos y tuvieron una gran conversación antes de asistir a misa en St. Miguel.

"¿Te molestarías si no fuéramos a la iglesia hoy?" preguntó Carlos mientras tomaba otro sorbo de café con leche. Sus ojos se abrieron en estado de shock ante su pregunta.

"¿Por qué no iríamos a la iglesia? Es domingo; es lo que hacemos. Es la hora a la semana que dedicamos completamente a Dios".

"Quiero llevarte a algún lado. Estoy seguro de que Dios lo entenderá". Carlos la miró con una sonrisa afable, haciendo que María se sonrojara. Trató de ocultar su atracción por él, pero a veces, cuando él mostraba esa sonrisa, no podía evitar que sus mejillas reaccionaran.

"Bien, pero tienes que decirme a dónde vamos", exigió María, cruzándose de brazos.

"Es una sorpresa." Carlos se puso de pie rápidamente y agarró las llaves de su auto. "Tal vez quieras usar algo un poco más cómodo", se rió. A María no le gustan las sorpresas, pero se encontró aprovechando la oportunidad con Carlos. Rápidamente se cambió de ropa y se puso unos zapatos planos cómodos. En cuestión de minutos, estaban en la carretera.

Como siempre, Carlos divagaba sobre las últimas noticias políticas, pero la mente de María estaba muy lejos. La última vez que un hombre le dijo que se subiera al auto para un lugar sorpresa, terminó en la playa con Antonio. Mientras viviera, nunca podría borrar los detalles de esa noche de su memoria. María cerró los ojos y aún podía oler el océano y escuchar las olas rompiendo. La brisa de la tarde trajo un ligero escalofrío y la hizo temblar cuando pensó en ello. No podía olvidar la forma en que el toque de Antonio provocó una oleada a través de su cuerpo. El sabor de la pasión en sus labios permaneció como si fuera ayer. Estos recuerdos agridulces la perseguirían por el resto de su vida.

Carlos habló todo el camino sin darse cuenta de que María no estaba prestando atención. "Ya estamos aquí", cantó. María se animó y miró a su alrededor a lo que parecían ser los mercados abiertos en casa.

"Carlos, ¿es así como se ve?"

"¡Aun mejor!" Carlos dejó escapar una gran carcajada mientras salía del auto. "Aquí encontrarás todas las frutas y verduras de tu país. Incluso encontrarás condimentos y otros artículos diversos que no puede obtener en ninguna tienda en Estados Unidos". La agarró de la mano y tiró de ella para que siguiera su ritmo. Carlos caminó con determinación como si supiera exactamente a dónde iba. Mientras pasaban de negocio en negocio, María sintió como si estuviera de vuelta en casa. La gente, las comidas y las artesanías, todos representaban las comodidades del hogar aquí en Miami.

Finalmente se detuvieron en un puesto donde el comerciante tenía pilas de telas expuestas. "Hola", saludó la mujer detrás de la mesa con una sonrisa desdentada.

"Estas telas", espetó María, "son exquisitas". La mujer explicó que eran materiales únicos importados de un pueblo de República Dominicana. Aparentemente, se inspiraron en las mismas telas del diseñador emergente, Oscar de la Renta, quien era de esa ciudad y ahora vive en Europa diseñando para la élite. María se sintió abrumada por los diferentes textiles. Su mente se aceleró mientras pensaba en los diferentes vestidos que podría hacer.

"¿Hay alguno que te llame la atención?" Carlos miró a María y cómo se le iluminaba la cara. Era como una niña en una tienda de juguetes, con los ojos brillantes y una sonrisa de oreja a oreja.

"Todos son tan hermosos, pero este es mi favorito". María levantó una tela de gasa color rojo manzana de caramelo. "Me encanta el color y el tacto de la tela. Es como la seda.

"Se llama gasa, y queda aún mejor con encaje o con estas cuentas". El comerciante señaló otra mesa con recipientes llenos de diferentes tipos de cuentas.

"Si Eva conoce este lugar se volvería loca con estas selecciones", dijo María.

"Sí, Eva conoce este lugar", respondió Carlos. "Lo mantiene en secreto porque aquí solo obtiene telas para sus pedidos de élite o para ella misma".

"No la culpo", se rió María. Miró más de las diferentes telas y cuentas, pensando en diferentes cosas que podría hacer si tuviera el dinero. Las telas eran definitivamente exquisitas, pero estaban fuera de su rango de precios. ¿Vamos a comprar algo para Eva?

"Bueno", comenzó Carlos mientras se aclaraba la garganta. "Como sabes, Eva tiene su gran fiesta en un par de semanas, y quería saber si me honrarías acompañarte a la fiesta". Carlos tenía más que decir, pero esperó a que María respondiera.

"No entiendo", dijo María. "Estaré allí. Eva me invitó.

"Lo sé. Pero quiero asegurarme de que estarás allí. . . conmigo."

María se quedó sin palabras. Carlos la estaba invitando a salir, algo que ella nunca había tenido antes. Su tiempo con Antonio fue de momentos robados, nada como una cita oficial. Además, después de Carlos, ningún otro hombre mostró interés por María.

"Me gusta pasar tiempo contigo María. Quiero llegar a conocerte más. ¿Me dejarás cortejarte?"

María no podía creer lo que estaba escuchando. ¿En qué estaba pensando Carlos? ¿Por qué querría estar con alguien como ella cuando podría estar con tantas otras mujeres que lo merecen más?

"No dejaré que digas que no", se enderezó Carlos, cada vez más seguro de sus sentimientos.

"Está bien, iré contigo a la fiesta". El rostro de Carlos se iluminó cuando tiró de María para abrazarla. Eventualmente, tendría que contarle sobre Rafael, pero solo si las cosas se ponían serias entre ellos. Estaba segura de que Carlos simplemente sentía lástima por ella y no quería que estuviera sola en su primera Navidad lejos de la familia. Él puede cambiar de opinión cuando llegue el año nuevo, y ella no tendrá que contarle su pasado o su hijo que tuvo fuera del matrimonio.

Carlos se apartó de María y aplaudió. "Entonces, la razón por la que estamos aquí es que quiero comprarte los materiales que necesitas para hacer un vestido para la fiesta. Mencionaste que no tenías nada que ponerte y que no sabías si podrías comprar un vestido en la tienda por departamentos".

"Te acuerdas de eso", preguntó María, sorprendida. Ella le dijo eso hace semanas cuando estaba preparando el desayuno un domingo por la mañana. Carlos estaba tan concentrado en el periódico que pensó que nunca había escuchado sus divagaciones. Una pizca de vergüenza surgió en ella porque no podía decir lo mismo. Carlos divagaba sobre política todo el tiempo y María escuchaba tal vez la mitad del tiempo.

Sintiéndose de repente como una princesa, María decidió aprovechar la oferta y confeccionar el vestido de sus sueños. Le pidió al comerciante que cortara cinco yardas de gasa roja y dos yardas de encaje negro para hacer una envoltura. María siempre quiso un vestido de fiesta como el que lució la famosa actriz estadounidense Marilyn Monroe en una película años atrás. Había visto el vestido en varias revistas y quería replicarlo en rojo con una envoltura de encaje negro para cubrir sus hombros.

Mientras hablaba con el comerciante y elegía los materiales que necesitaba, Carlos se quedó de pie, con los brazos cruzados, mirando a María. No estaba seguro de qué era lo que le gustaba de ella. Era cierto que no era como ninguna otra chica con la que salía, pero podía ver su corazón y era puro. Le gustaba cómo se sentía cuando estaba con ella. Carlos estaba listo para establecerse y podía ver que eso sucedía con María.

Carlos y María terminaron pasando el resto del día juntos, pasando la mayor parte en el mercado y luego cenando temprano en un restaurante local. La conversación entre ellos transcurrió sin esfuerzo, pero María estaba nerviosa de que la conversación se volviera hacia ella y su pasado en casa. Ella continuamente le hacía preguntas sobre sí mismo, y cuanto más aprendía sobre Carlos Álvarez, más se daba cuenta de cuánto le gustaba.

Cuando Carlos llevó a María a su casa, la ayudó a subir las escaleras con las bolsas de tela. Mientras estaban en la puerta principal, María de repente se sintió nerviosa. Esto era diferente de cualquier otro domingo cuando la dejaba después de la iglesia. Expresó su interés por ella y ella no ocultó su atracción por él.

"Gracias por todo, Carlos. Tuve el mejor día."

"Me gusta verte sonreír. Prometo hacer todo lo posible para hacerte sonreír todos los días", dijo Carlos con sinceridad y ternura en la voz. El corazón de María se derritió. ¿Cómo podría ser esto real? Ella no se merecía un hombre como Carlos. Su vida estaba tan manchada como el color de la tela que acababa de comprar. Simplemente disfrutaría el momento, y cuando llegara el momento, revelaría la verdad.

Carlos se inclinó y besó a María en la mejilla. "Que tengas una buena noche, hermosa". Todos los domingos, Carlos la besaba en la mejilla como suelen hacer los amigos; sin embargo, su beso de alguna manera se sintió diferente en ese momento. María sintió que sus sentidos se sobrecargaban en esa fracción de segundo. Desde el olor de su colonia cuando se acercó a ella hasta la mirada en sus ojos cuando retrocedió. María se quedó sin palabras. Carlos bajó las escaleras hacia su auto, y no fue hasta que María escuchó el encendido del auto que abrió la puerta y entró al departamento.

Casi de inmediato, María dispuso su tela y comenzó a delinear su vestido. Planeaba trabajar en ello un poco todos los días durante su tiempo libre en la tienda. Antes de darse cuenta, sería el día de la fiesta y quería lucir perfecta. Todo lo que necesitaba eran los zapatos y los accesorios adecuados, y su atuendo estaría completo. Si pudiera ser feliz y estar libre de preocupaciones por un día, haría todo lo posible para que eso sucediera. María estaba decidida a tener el mejor vestido, la mejor cita y pasar el mejor momento en la fiesta de Eva. Incluso si era temporal, esperaba un poco de felicidad.

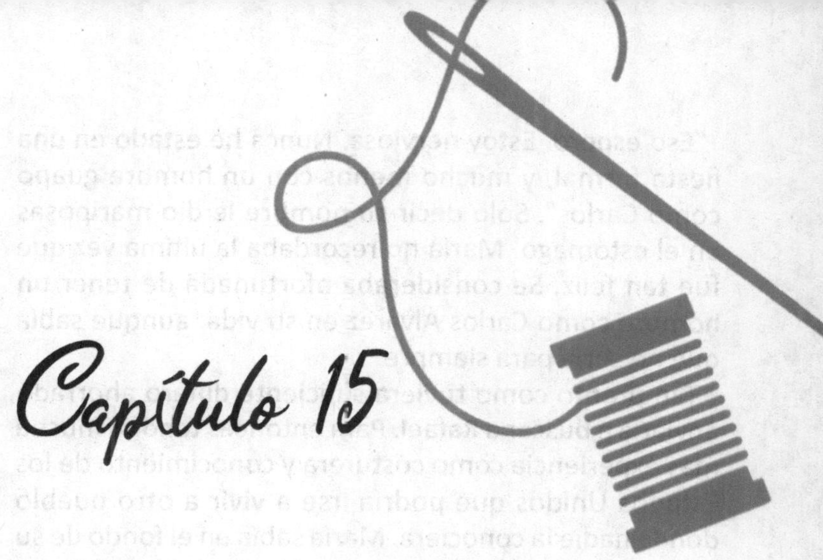

Capítulo 15

Era el día antes de la fiesta de Navidad y María estaba agotada por trabajar horas extras durante las últimas dos semanas. La temporada navideña estuvo muy ocupada para la boutique y la cantidad de pedidos de vestidos fue abrumadora. Sin embargo, hubo una adrenalina que impulsó a María a seguir trabajando las largas jornadas. Los días previos a la fiesta, Carlos llevó comidas a la boutique todos los días y almorzaron juntos. Incluso en todo el ajetreo, encontraron tiempo para pasar juntos, conociéndose en otro nivel.

A principios de esa semana, María fue de compras por primera vez desde que estuvo en Estados Unidos. Cada vez que iba a una tienda a comprar, por lo general era para comprar cosas para enviar a casa. María decidió derrochar un poco y comprar algunos accesorios para la fiesta. Rosa la llevó a la tienda por departamentos Burdines en el Dadelanc Mall, donde pudo encontrar todo lo que necesitaba para completar su atuendo.

"Te vas a ver hermosa para la fiesta", dijo Rosa mientras admiraba los zapatos rojos que María había comprado.

"Eso espero. Estoy nerviosa. Nunca he estado en una fiesta formal, y mucho menos con un hombre guapo como Carlos". Sólo decir su nombre le dio mariposas en el estómago. María no recordaba la última vez que fue tan feliz. Se consideraba afortunada de tener un hombre como Carlos Álvarez en su vida, aunque sabía que no sería para siempre.

Tan pronto como tuviera suficiente dinero ahorrado, enviaría a buscar a Rafael. Para entonces tendría mucha más experiencia como costurera y conocimiento de los Estados Unidos que podría irse a vivir a otro pueblo donde nadie la conociera. María sabía en el fondo de su corazón que en el momento en que Carlos se enterara de su pecado, sus sentimientos por ella cambiarían. Era mejor protegerse ahora y planificar lo que haría cuando llegara ese día para que no fuera una sorpresa para ella.

—María —empezó a decir Rosa bajando la voz—, ¿ya le dijiste?

"A veces olvido que conoces mi secreto". María se fue a la cocina a buscar otra taza de café. Todavía no se lo he dicho, pero lo haré. Era evidente que el tema la agitaba.

Rosa podía ver cómo la mandíbula de María se apretaba cada vez que sacaba a relucir la situación de su amiga. "Cariño, no entiendo por qué sigues ocultándole esto a Carlos. Él te adora. Él también adorará a tu hijo.

"Eso no lo sabes", argumentó María. "He conocido a personas como la familia Álvarez. Tienen ciertos estándares, ciertas personas a las que permiten en su círculo. Todo puede estar bien ahora, pero tan pronto como se enteren de mi reputación en casa y de lo que me espera, me eliminarán de ese círculo de inmediato".

Rosa pudo ver el dolor en el rostro de María, aunque trató de ocultarlo. ¿Es eso lo que te pasó con el padre de Rafael?

Rosa, no quiero hablar de eso. Por favor."

Dejando escapar un suspiro de frustración, Rosa se acercó a María y la miró a los ojos. "Cuanto más mantienes todo esto embotellado dentro, más se pudre. No estoy tratando de ser entrometida aquí, cariño. Estoy tratando de ayudarte. María se cruzó de brazos, intentando engrosar el muro que había construido. "Eres una joven hermosa con un futuro maravilloso por delante. No dejes que la amargura te consuma tanto que no puedas ver cuando Dios ha enviado personas para ayudarte".

"Basta", María se tapó los oídos. "No digas cosas que no son ciertas, Rosa. Te quiero, pero sabes tan bien como yo que Dios no va a enviar a nadie para ayudarme. He cometido mi error, y por el resto de mi vida, haré penitencia por eso". María recogió la cartera de Rosa de la mesa de la cocina y se la entregó. "Gracias por tu ayuda hoy, Rosa. Te veré en la fiesta.

Atónita por la repentina rudeza de su amiga, Rosa lentamente le quitó la cartera a María y salió por la puerta sin decir una palabra.

Por un momento, un sentimiento de arrepentimiento invadió a María. Rosa siempre había sido tan amable con ella, ¿y así era como la trataba?

María no hablaba con Rosa desde ese día en su departamento. La tensión en la tienda era alta. Rosa estaba tan alegre como siempre, ayudando a los compradores y cautivándolos con su hospitalidad sureña. María esperaba que ella estuviera triste, molesta y agobiada por su último encuentro. Cómo podía estar tan tranquila como si nunca hubiera pasado, pensó María.

Cuando terminó el día, todos se juntaron para limpiar y organizar la tienda. Mañana era domingo, y la tienda normalmente estaba cerrada, y el día de Navidad sería el lunes. No volverían a la tienda hasta el martes. María agradeció a todos por su arduo trabajo y les deseó a todos una feliz Navidad. No todos estarían en la fiesta, por lo que intercambiaron abrazos y besos antes de partir. Rosa tomó a María con la guardia baja y le dio un fuerte y largo abrazo.

"Mi querida amiga, solo quiero lo mejor para ti. ¡Que Dios te bendiga y te colme de Su amor en esta Navidad!". Las lágrimas brotaron de los ojos de María. Después de la rudeza, Rosa seguía mostrando su amabilidad y amor.

"Gracias Rosa. Perdóname", María no podía mirar a Rosa a los ojos, temerosa de ver la vergüenza en sus ojos.

"Cariño, ya has sido perdonada". Rosa apretó la mano de María y la miró con cariño. "Hasta mañana, querida amiga".

La última vez que María había estado en casa de Eva fue para la fiesta de cumpleaños de Pablo. La transformación que hizo en la casa con toda la decoración navideña fue asombrosa. Por una fracción de segundo, María sintió que no pertenecía allí. ¿Cómo terminó entre tanta extravagancia?

Carlos agarró su mano con más fuerza mientras le susurraba al oído: "Eres la mujer más hermosa aquí". Una sensación de calidez y plenitud se apoderó de María. Ya no eran los sentimientos de mariposas en su estómago. María ahora sentía paz y consuelo con Carlos.

"Gracias, Carlos. Me siento hermosa por primera vez en años". María estaba verdaderamente feliz.

"¿María?" Una voz se les acercó por detrás. María se dio la vuelta para ver a su mentora, la señora Medina, frente a ella. "Mi hija, ¡te ves increíble! Estados Unidos ha sido bueno contigo". Se abrazaron en un largo abrazo.

"No tenía idea de que estarías aquí", dijo María, luchando contra las lágrimas. Debía su nueva vida a la señora Medina. Si no fuera por ella, María todavía estaría en casa viviendo una vida mundana. Carlos dejó a las damas para que se pusieran al día y se fue a mezclarse con los invitados.

"Tú y Carlitos", cuestionó la señora Medina, viendo a Carlos alejarse. "¿Hay algo que deba saber?"

María sonrió tímidamente. "Le gusto a él. Me gusta el. Eso es prácticamente todo."

"No es eso, María. Vi la forma en que te miraba desde el otro lado de la habitación. Su tono cambió mientras bajaba la voz. ¿Él sabe lo de Rafael?

"No, y él nunca lo sabrá". María miró a su alrededor para asegurarse de que nadie pudiera escuchar la conversación.

"María, ¿cómo puedes decir eso? Este hombre está claramente enamorado de ti. ¿Cómo planeas mantener a tu hijo en secreto para siempre?

"Señora Medina, tengo un plan. Ya he pensado en esto. Confía en mí."

"Estás jugando con fuego, mi hija, y no me gusta. Estaré en tu apartamento mañana a primera hora para que podamos hablar de esto.

María tomó las manos de la señora Medina y se las apretó. "Me encantaría tenerte mañana para el desayuno de Navidad. Todo estará bien. Verás."

María vio a Carlos y se excusó para acompañarlo. Le gustaba estar a su lado mientras hacían las rondas para saludar a los invitados. Carlos era naturalmente carismático y tenía muchos amigos. María se sintió especial porque se aseguró de que todos supieran que eran pareja, incluidas las solteras desvergonzadas que buscaban marido.

A medida que avanzaba la noche, bailaron, comieron y se divirtieron mucho. Todos los ojos estaban puestos en María, no solo porque estaba con Carlos, sino que además su vestido era tan exquisito. Incluso la anfitriona mostró una pizca de envidia.

"Cómo te las arreglaste para hacer un vestido tan hermoso mientras trabajabas todos esos largos días este mes me supera. ¿Dónde encontraste el tiempo?

"Asi es ella de increíble", respondió Carlos rápidamente. Eva miró a la pareja mientras los dos sonreían y se miraban a los ojos. Era obvio que las cosas se estaban poniendo serias entre los dos, y Eva no estaba segura de si eso le gustaba. Su hermano pequeño siempre tuvo un corazón tierno por los perros callejeros, y no estaba segura de si este era diferente de los demás. Sí, María era muy trabajadora y de buen corazón, pero venía de pequeña. Ella no estaba ni cerca de la misma clase que la familia Álvarez.

"¡Guau! Mira a Cenicienta", Alejandro se acercó a María, mirándola con demasiada intensidad. "Es sorprendente cómo el vestido correcto puede hacer que incluso una chica simple se vea decente". Carlos acercó a María a él.

"¿Ya estás borracho, hermano?"

"¿De qué estás hablando?" Respondió Alejandro, todavía mirando a María con una sonrisa salvaje. "La fiesta ni siquiera ha comenzado todavía, pero lo haré muy pronto".

"Vamos a tomar algo", dijo Carlos mientras guiaba a María hacia el carrito de bebidas y la alejaba de su hermano. "Lo siento, cariño. Mi hermano puede ser un idiota cuando ha tenido demasiados coquitos".

María se rió, "Nada me puede molestar esta noche, Carlos. Ni siquiera el gran Alejandro". Acariciando su rostro, su tono se volvió serio. "Estoy contigo, y eso me hace muy feliz. Nadie más importa.

Luchando contra el impulso de besar a María en público, Carlos tomó su mano y se la llevó a los labios. "Me haces feliz", susurró Carlos y miró a María con amor en los ojos.

María se perdió en el momento en que no se dio cuenta de que una mujer intentaba llamar su atención desde el otro lado de la habitación hasta que estuvo justo frente a ella.

"¿Ana?" María se sorprendió al ver a su amiga de la infancia.

"He estado tratando de llamar tu atención. ¡No puedo creer que seas tú. . . aquí en Miami!" Ana habló alto y rápido, apenas recuperando el aliento. Se besaron en las mejillas y se abrazaron flojamente. Su amistad fracasó después de que Ana se mudó a los Estados Unidos y se convirtió en modelo. María no la había visto desde antes de que naciera Rafael. Por lo que ella sabía, su amiga no sabía nada sobre esa parte de su vida.

"¿Qué estás haciendo en Miami?" preguntó Ana mientras miraba a María, sorprendida de verla elegante.

"Me mudé aquí en la primavera". Carlos se aclaró la garganta para indicar que quería una presentación. "Oh lo siento. Este es Carlos Álvarez".

"Sé quién eres", respondió Ana con una sonrisa coqueta. "Mi esposo estaba buscando servicios de contabilidad para cuando abra su empresa. Él es un asistente legal y casi terminó con la escuela de leyes. Vio su empresa, pero se decidió por una firma de contabilidad más grande que pudiera manejar el negocio". Carlos no supo cómo responder a ese comentario. Manejó muchas empresas grandes en el área de Miami con mucho éxito.

"¿Esposo?" El rostro de María se iluminó. "¿Estás casada, Ana?"

"¡Sí!" Ana extendió la mano para mostrar el anillo de diamantes de un quilate en racimo. "Nos casamos hace dos años y tenemos un bebé de tres meses".

María saltó a los brazos de Ana y le dio un fuerte abrazo. Ella estaba realmente feliz por su amiga. Soy una chica afortunada, María. Ana miró alrededor de la habitación. "Él está aquí en alguna parte. Lo conoces. Es de casa.

María estaba segura de no conocer al marido de Ana. Los últimos cinco años que pasó en casa los pasó recluida. Entre pasar el embarazo encerrada en un cuarto y luego solo ir al trabajo y a la iglesia, María no interactuaba con nadie.

De repente, la señora Medina corrió hacia María y la agarró del brazo. "María, tienes que venir conmigo."

"¿Qué ocurre?"

"Por favor confía en mí. Tenemos que irnos."

Carlos parecía preocupado. "Estrella, ¿pasa algo? Parece como si hubieras visto un fantasma."

Fue en ese momento que María vio lo que atemorizó a la señora Medina. Un escalofrío recorrió la columna vertebral de María al sentir que toda la sangre se le iba de la cara.

"No puede ser", susurró María entre dientes al ver el fantasma de su pasado. Lentamente venía hacia ella un vagón lleno de dolor, mentiras, abandono y rechazo.

"¡Mi amor! Ahí estás", dijo Ana mientras tomaba la mano de su esposo.

Los labios de María temblaron cuando dijo: "Antonio".

"Sí, sabía que lo recordarías", se rió Ana mientras entrelazaba los brazos con Antonio, ajena a la repentina incomodidad. María no podía creer que él estuviera parado frente a ella, aún más guapo que el día que salió de su vida.

Carlos se acercó a María y colocó su mano en la parte baja de su espalda, haciéndola dar un brinco. "María, ¿qué te pasa?"

María sintió que se le saldría el corazón del pecho. Diminutas gotas de sudor se formaron en su labio superior. Esto no puede estar pasando. Esto no puede ser real.

"Hola María", finalmente habló Antonio, con los ojos fijos en María, tratando de conectar con los de ella. Tantas veces, ensayó lo que le diría si alguna vez lo volviera a ver, pero nunca podría haber imaginado que sería en un entorno como este.

"Veo que ya conociste a mis invitados especiales", dijo Alejandro mientras caminaba hacia el grupo que removía el hielo en su vaso de ron.

"Alejandro, ¿qué está pasando aquí?" Carlos estaba empezando a enfadarse. Estaba claro que había mucha tensión en la sala, pero nadie explicaba nada. La música parecía extremadamente alta en los oídos de María que no podía escuchar nada más.

"Carlos, este es Antonio Morales y su hermosa esposa Ana. Son de la patria". Riéndose de su propia broma, Alejandro casi derramó su bebida. Carlos extendió su mano y saludó apropiadamente al hombre. "De hecho", continuó Alejandro, "creo que son del mismo pueblo que nuestra costurerita aquí. María creció con Ana". Alejandro hizo una pausa por un momento y le dio a María una mirada dura. María suplicaba con la mirada, rogándole a Alejandro que no continuara con su plan que ya para ella era obvio. A pesar de ver las lágrimas brotar de los ojos de María, Alejandro procedió. "Y Antonio aquí, es el padre del bebé de María".

"¿Qué?", gritó Ana. "¿Antonio es eso cierto? Es decir, María, yo escuché que te quedaste embarazada y que te echaron del colegio de monjas de Altagracia, pero nunca supe quién fue el chico que te atrapó. . ."

"Basta", le espetó la Señora Media a Ana para evitar que continuara con la exposición pública del pasado de María. Una lágrima rodó por el rostro de María, delatándose.

"Mira, Hermano, nuestra costurerita aquí no es la inocente que todos pensábamos que era", dijo Alejandro, riéndose histéricamente. Para entonces, había varias personas que escucharon la interacción, incluida Eva, y ahora había una audiencia.

María tenía miedo de mirar a Carlos y ver la decepción en su rostro. Carlos miró a Antonio y pudo ver en su rostro que todo esto era cierto. Miró a María, esperando que le dijera algo, cualquier cosa, pero ella nunca lo miró. Carlos empujó a Alejandro fuera de su camino y se alejó. Cuando María levantó la vista, lo vio salir por la puerta principal.

"Carlos", gritó María, a punto de correr tras él cuando la señora Medina la agarró del brazo.

"Déjalo tomar un poco de aire. Él volverá."

María apartó el brazo de la señora Medina. "No me hables. Tu hiciste esto. ¡Tú les dijiste, e hiciste esto!" La ira llenó su corazón cuando acusó a su mentor de arruinar su vida. María notó que la música se había detenido y ella era el centro de atención. Horas antes era la princesa de la fiesta, y ahora era la avergonzada. Volvió a mirar a la señora Medina y susurró: "Nunca te perdonaré por esto".

María salió corriendo de la casa, esperando encontrar a Carlos afuera, pero su carro no estaba. Calle abajo, pudo ver a Antonio y Ana subiendo a su auto. Por supuesto, estaría escapando. Ni siquiera se quedó a preguntar cómo estaba su hijo. Ni siquiera se quedó a ver cómo estaba María. Fue un déjà vu (ya visto antes) la sensación que sintió María de estar completamente sola, muy parecida a la última vez que vio a Antonio cuando él salió de su vida.

De repente, María sintió que alguien le tomaba la mano. Era Rosa, su querida amiga con quien había sido horrible. "Déjame llevarte a casa", dijo y la acompañó hasta el auto. En el momento en que Rosa comenzó a alejarse, María se echó a llorar y no paró hasta que se durmió esa noche.

Capítulo 16

Durante dos días, María se quedó en cama compadeciéndose de sí misma. Rosa llamó un par de veces, pero María no podía reunir la energía para tener una conversación con su amiga. Solo se quedó hablando por teléfono el tiempo suficiente para convencer a Rosa de que estaba bien. Pero ella no estaba bien. Pensamientos constantemente pasaban por su cabeza de lo decepcionada que estaría la abuela al saber que su secreto llegó a América, la vergüenza que empañaba el nombre de García.

No puedes esconderte de tu pecado. Tu pecado es quién eres. Voces en su cabeza decían lo mismo una y otra vez, recordándole que esta era su vida. Bien podría haber estado usando un letrero en la frente que decía "pecadora" porque sentía que todos sabían y todos la juzgaban.

Tan pronto como dieron las diez, María bajó las escaleras a la boutique. Para entonces, la tienda estaba abierta y Eva estaría allí para recoger sus cosas. María estaba nerviosa por hablar con ella y oró para que le diera algo de tiempo para encontrar otro lugar para vivir antes de desalojarla por completo. Aunque le dolía que ya no trabajaría en Eva's Fashions, no culpó a Eva en absoluto. La escena de la fiesta no solo avergonzó a Eva, sino que también le faltó el respeto frente a su familia y amigos. María presentó una identidad falsa y le mintió a una mujer que fue más que amable con ella. Nadie podía perdonárselo, y María estaba segura de eso.

Pasar por Valerio Contabilidad sin mirar adentro fue duro para María, pero no pudo evitarlo. Sorprendentemente, Carlos no estaba allí. Las luces aún estaban apagadas y había un letrero en la puerta que decía que estaban cerrados hasta el Año Nuevo. Carlos nunca mencionó que cerraría su negocio por las fiestas. Quizás la vergüenza de la fiesta hizo que Carlos cerrara la oficina por un par de semanas. Para María era evidente el efecto que sus acciones tenían en las personas que la rodeaban. Incluso Carlos se vio afectado por sus errores. Las lágrimas comenzaron a llenar los ojos de María al pensar en lo que sus acciones le estaban haciendo al hombre que amaba. Rápidamente se secó los ojos y entró en Eva's Fashions.

"Buenos días, Eva." Eva tenía cara de piedra cuando María caminó hacia ella, evitando el contacto visual. He venido a recoger mis cosas. Eva no dijo una palabra, pero su rostro lo decía todo. María comenzó a divagar, "Estoy agradecida por todo lo que has hecho por mí. . . todo lo que me has enseñado. Nunca quise mentirte, y lamento que hayas tenido que averiguarlo de esta manera. Rezo para que algún día me perdones, y rezo para que Dios te bendiga porque has sido bueno conmigo y...

"Basta", gritó Eva, sobresaltando a María y obligándola a mirar a Eva a los ojos por primera vez desde la fiesta. "¿Qué te pasa, María? ¿Por qué hablas tanto? ¿Y por qué llegas tarde? Confundida, María empezó a explicar, pero

Eva habló por encima de ella. "Date prisa y prepara el vestido de Vásquez. Estará aquí en veinte minutos para la prueba final. María no podía entender lo que estaba pasando. Después de todo lo que pasó en la fiesta y todo lo que se reveló, ¿Eva todavía quería que ella trabajara para ella? Las dos mujeres se quedaron en silencio por lo que pareció ser una eternidad. Lentamente, el rostro estoico de Eva se relajó y la compasión apareció en sus ojos.

"María, soy yo quien te debe una disculpa. No sabía que Alejandro iba a hacer lo que hizo. Supe hace meses de tu pasado, pero no fue por Estrella. Ella nunca me dijo nada sobre tu vida personal. No la culpes por esto, y no la excluyas. Alejandro se enteró por su cuenta cuando vio que tú y Carlos pasaban mucho tiempo juntos. En ese momento, ustedes dos eran solo amigos, pero él podía ver que la forma en que Carlos los miraba se convertiría en algo más grande. Quería asegurarse de que vinieras de una buena familia; Dios no permita que lo hagas quedar mal. Eva se acercó un paso más a María y le tomó la mano. "Esto no se trataba de ti, María. Alejandro es mi hermano y lo amo, pero es un hombre muy orgulloso que disfruta ser el centro de atención, y si alguien lo amenaza de alguna manera, encuentra la manera de eliminar el problema".

María agachó la cabeza, luchando por contener las lágrimas. Ella era el problema, y su gran secreto dañaría a la familia y la carrera política de Alejandro. Ella entendió eso, pero no entendía por qué Eva todavía quería que ella trabajara para ella.

"Te necesito aquí, María. No tienes que huir porque no te dejaré ir".

"Pero, y Alejandro—" interrumpió María.

"Yo me encargaré de Alejandro". Ella respondió con firmeza.

"Pero que . . . ¿Qué hay de Carlos? La voz de María se quebró.

"Carlos está siendo un chico inmaduro. No ha respondido a mis llamadas y tampoco ha venido a la cena de Navidad. Él estará bien. Tienes que pensar en ti ahora mismo. Quédate conmigo al menos hasta el verano. Si todavía sientes que debes irte, te ayudaré en todo lo que pueda. Pero no dejes que lo que pasó en mi casa te haga esconder tu cabeza de vergüenza".

María se secó los ojos y sacudió la cabeza en acuerdo. "Gracias Eva. Muchas gracias." María estaba agradecida de que Eva tuviera compasión, pero el corazón de María se estaba rompiendo por Carlos. Sus sentimientos por él eran más profundos de lo que pensaba, y saber que él se había aislado por su culpa hizo que le doliera el corazón. ¿Cómo volvería a enfrentarse a él ahora que se estaba quedando en Miami? Cuando le dio la oportunidad de explicarse en la fiesta, María se quedó helada y lo hizo quedar como un tonto. Era tan cobarde como lo era Antonio. Cuando más importaba hablar, el miedo los mantuvo callados.

"Antes de que se me olvide", dijo Eva, alcanzando una caja envuelta para regalo debajo del mostrador. "Aquí está tu regalo de Navidad. No tuve oportunidad de dártelo en la fiesta. Espero que te guste." María se sintió abrumada por el gesto. Después de todo lo que pasó, Eva todavía pensaba lo suficiente en ella como para darle un regalo. Cuando abrió la caja, dentro había una bufanda de seda con lunares blancos y negros. María nunca había tenido seda; fue un hermoso lujo. Sin embargo, los lunares le recordaron esa fatídica noche y su vestido. El sitio de lunares solo trajo ansiedad y autodesprecio.

"¿Qué ocurre? ¿No te gusta?

"Es hermoso, Eva, gracias. Es que los lunares me tienen mal recuerdo", confesó María.

"¡Entonces dale la vuelta! Cuando sucede algo malo, cambia la historia por algo bueno. Entonces, los lunares significan algo malo en tu pasado. ¡Cámbialo! A partir de ahora, los lunares traen buena suerte. Piénsalo de esa manera, y te irá mejor en la vida". María se rió entre dientes ante la idea. La buena suerte era definitivamente algo que ella necesitaba en estos días.

María se quedó y trabajó en la boutique el resto del día y de la semana. Estaba muy ocupado con mujeres recogiendo vestidos de Nochevieja. Independientemente del ajetreo, los clientes encontraron tiempo para comentar y reírse cuando vieron a María. Las noticias sobre ella se habían extendido y ahora era el tema de los chismes de la comunidad.

Cada noche María subía a su apartamento y lloraba, y cada noche las lágrimas eran cada vez menos. Cuanta más gente hablaba de ella y de su vida en casa, más duro se volvía su corazón. Eva defendió a María en algunas ocasiones por culpa de lo que había hecho su hermano, pero, al fin y al cabo, María sabía que en el fondo Eva la veía igual que los chismosos.

En la víspera de Año Nuevo, la boutique cerró temprano y la élite de Miami se preparó para una fiesta exquisita en el Hotel Deauville. María sintió un atisbo de celos. La fiesta de Navidad de Eva le dio una idea de las festividades exclusivas. Aunque efímera, a María le encantaba la sensación de asistir a una velada así y estar entre los ricos, aunque ella no era uno de ellos. Había silencio en el ambiente esa noche porque todos estaban en algún lugar despidiendo el año viejo y celebrando el año venidero con sus seres queridos. Estar solo era agonizante, y todos los pensamientos negativos llegaron como una inundación.

Es tu culpa que estés sola. Así será tu vida. Nunca serás parte de la élite. Siempre serás una mujer manchada de clase baja.

Cuando llegó la medianoche, María estaba dormida. Carlos dejó una botella de Ron del Barrilito en el gabinete en Acción de Gracias que María se dio el gusto por primera vez. Nunca entendió la fascinación que la gente tenía con el alcohol hasta unos minutos después de su primera copa. La calmante dulzura sutil la calentó desde adentro y silenció las voces en su cabeza. El día de Año Nuevo no fue nada diferente. María pasó el día en casa donde normalmente iría a la iglesia. Sabiendo cómo se difundió la noticia en la comunidad sobre su vergüenza personal, no quería someterse a los susurros.

El lunes por la mañana, María se despertó temprano, renovada y decidida. Tomó la decisión de honrar la solicitud de Eva y continuar trabajando para ella durante la temporada de comuniones, bailes de graduación y bodas. Mientras tanto, ahorraría dinero y haría planes para volver a casa. Sería más fácil enfrentar a los chismosos en casa que en Miami. Tener que enfrentarse a la comunidad, Alejandro y Carlos sería duro durante seis meses, pero era mejor que tener que soportarlo toda su vida.

Cuando María terminó su café de la mañana, llamaron a la puerta. Probablemente fue Eva. A veces pasaba por el apartamento para encontrarse con María y hablar de negocios antes de abrir la boutique. Cuando María abrió la puerta, su corazón dio un vuelco.

"¿Carlos?" Una mezcla de vacíos abrumó rápidamente a María. Aunque se sorprendió al verlo parado en su puerta, María se alegró de ver a Carlos. Quería estar enojada con él por desaparecer después de la fiesta y no darle la oportunidad de explicarse, pero el hecho de que él estuviera en su puerta calentaba su corazón.

"¿Puedo entrar?" Carlos no estaba seguro de cómo lo recibiría María. Su mirada pensativa decía mucho. María se dio cuenta de que Carlos estaba allí para terminar oficialmente su relación y le indicó que entrara. Después de todas las lágrimas que se habían derramado en los últimos nueve días, de alguna manera María todavía tenía más de sobra. Las lágrimas brotaron de sus ojos y respiró hondo antes de darse la vuelta para mirarlo.

Carlos paseaba de un lado a otro en el pequeño apartamento, buscando las palabras para decir. Ojos enfocados en la alfombra para evitar hacer contacto visual y ver las lágrimas en los ojos de María. De repente, después de volver a respirar hondo, María encontró el coraje para iniciar la conversación.

"Lo siento Carlos. Nunca quise ocultarte mi pasado. Has sido tan bueno conmigo, y siempre lo recordaré. No te merecías lo que pasó en la fiesta. La humillación debería haber sido toda mía, no tuya. Eva me ha pedido que me quede hasta el verano, a lo que he accedido. Después de eso regresaré a mi país y a mi hijo".

Carlos rápidamente levantó la vista una vez que María anunció que se iría, revelando sus propios ojos llorosos. Sus ojos se encontraron por lo que pareció una eternidad, y aunque ninguno pronunció una palabra, sus corazones hablaron entre sí. Fue en ese momento que María se dio cuenta de que se había enamorado de Carlos y que romper sería más difícil de lo que pensaba. Sin decir una palabra, Carlos se dio la vuelta y salió por la puerta. María entendió su dolor y enojo. Ella se merecía esa respuesta.

María se tapó los ojos, tratando de contener las lágrimas, pero se abrieron paso. Con el corazón roto, se paró en su sala de estar y lloró en silencio. Él nunca me perdonará. Después de un minuto, María se destapó los ojos para ver que Carlos había regresado y estaba parado allí con alguien a su lado. Las piernas de María se debilitaron y cayó de rodillas. "¡Rafael!" Su pequeño niño corrió a sus brazos y ella lo abrazó con fuerza. "Precioso, estás aquí. . . No puedo creer que estés aquí. Lágrimas de alegría inundaron a María. Cuando levantó la vista, Carlos estaba sonriendo y la señora Medina estaba con él llorando.

Poniéndose de pie, María preguntó: "No entiendo. ¿Lo que ha sucedido?"

"María", comenzó Carlos, "me sorprendió cuando mi hermano reveló tu pasado en la fiesta. Pero no estaba molesto por tu pasado. Me molestó que no confiaras en mí lo suficiente como para decírmelo tú misma. Tuve que alejarme y pensar, y rápidamente me di cuenta de que nada había cambiado. Mis sentimientos por ti siguen siendo los mismos". Carlos se acercó a María y le tomó la mano.

"Te amo, María, todo de ti. Llamé a Estrella al día siguiente y le conté mi plan en confianza. Viajé de regreso con ella y me reuní con algunos de mis contactos. Me ayudaron a conseguir papeles para que Rafael te lo trajera. Una familia debe estar junta, y tu abuela estuvo de acuerdo.

"¡Abuela! ¿Conociste a mi abuela? María dijo, recuperando el aliento.

"Por supuesto. Por respeto, tuve que obtener su aprobación y su ayuda para que esto sucediera". Todavía sosteniendo la mano de María, Carlos se inclinó sobre una rodilla. Los ojos de María se abrieron como platos, sabiendo lo que significaba esa posición. La señora Media se acercó y le entregó a Carlos una cajita de terciopelo azul. Carlos abrió la caja para revelar un modesto anillo solitario de diamantes en forma de pera. "María, ¿quieres casarte conmigo?"

'¡Sí, Carlos, sí!

Carlos colocó el anillo de compromiso en el dedo de María y la besó suavemente en los labios. "Te voy a hacer feliz," susurró.

María estaba feliz. Nunca imaginó que las cosas saldrían de esta manera. Su corazón estaba lleno y se sentía amada.

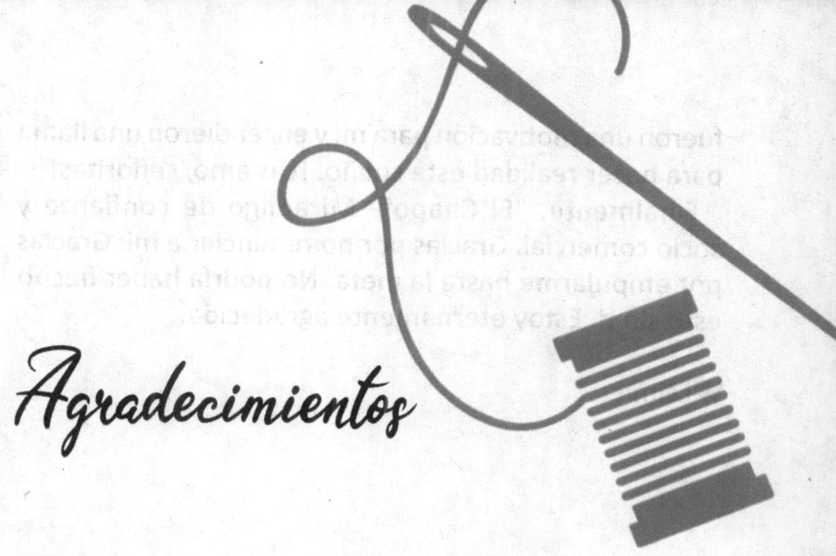

Agradecimientos

¡Estoy muy agradecida con Dios que finalmente he terminado este libro! Diferentes contratiempos de la vida a lo largo de los años me impidieron terminar, pero aquí estamos. Gracias a todos los que han estado conmigo en este largo viaje, incluyendo:

¡Mi familia floridana! Gracias por aguantarme todos estos años mientras escribía este libro. En concreto, mi hermana Stella; gracias por tus comentarios constantes durante este proceso. Entendiste mi montaña rusa emocional con María.

A mi hermosa crítica adulta joven, Anaia Alicea. Gracias por tus opiniones, sugerencias y aliento mientras construía los primeros capítulos del libro. Me ayudaste más de lo que crees.

A mis hermanas Pink: la consultora de belleza Mercedes Bonilla, las directoras de ventas Lisa Collazo, Roslyn Codette-Rodgers, Maya Etayo y la directora de ventas sénior de Pink Elite, Sharon Miranda. Ustedes, señoritas, me han alentado mucho a lo largo de los años. Su determinación, fuerza y éxito en sus propias vidas fueron una motivación para mí y encendieron una llama para hacer realidad este sueño. ¡Las amo, señoritas!

Finalmente, "El Chapo"- Mi amigo de confianza y socio comercial. Gracias por no renunciar a mí. Gracias por empujarme hasta la meta. No podría haber hecho esto sin ti. Estoy eternamente agradecida.

♥Mimie

9 798218 064143